Petite Brocante Intime

ISBN : 2-84228-072-5

N° d'éditeur : 70

Martine et Philippe Delerm
Anne et Didier Convard
Jack Chaboud - Michel Piquemal
Lisette Morival - Christian Robin

PETITE BROCANTE INTIME

Illustrations de
Jacques Ferrandez

Le Pré aux Clercs

Je pense à ces objets, ces boîtes, ces ustensiles qu'on découvre parfois dans les greniers, les cuisines, les fonds de placards, et dont personne ne sait plus à quoi ça pouvait servir.

Vanité de croire que nous comprenons les œuvres du temps : il enterre ses morts et garde les clés. Seuls les rêves, la poésie, le jeu, nous font approcher parfois de ce que nous étions avant d'être ce que nous sommes, mais qui sait ce que nous sommes.

Julio Cortazar

Rayuela (texte figurant dans le livret d'un coffret de CD de la chanteuse de tango Susana Rinaldi, « Susana Rinaldi en El San Martin »).

Préface

La première fois, c'était chez Jack, un samedi soir de décembre 1996.

Marie-Stéphane et Jack nous avaient tous réunis, après la journée au Salon de Montreuil. Anne et Didier ont dû leur offrir un de ces cadeaux somptueux dont ils ont le secret – un bouquin sur les problèmes de juridiction dans le tracé des carrefours, je crois. La conversation a dérivé sur le catalogue Manufrance, puis sur les objets kitsch, et c'est peut-être Christian, ou bien Lisette, qui a lancé à Michel :

— Tu devrais faire un volume *Paroles de nains de jardin* !

Et puis tout a suivi, au fil de la soirée.

— Et les tricotins, vous vous en souvenez ? a demandé Martine.

Philippe a parlé des bouteilles de liqueur boîtes à musique. On a bien ri, il y avait sans doute du vin chaud, et l'idée du livre est venue comme ça. On avait tous envie de se revoir, de cimenter des amitiés nouvelles.

On s'est revus, à Paris, en Normandie, ou bien à La Garenne. On a chanté, et l'on a ri encore, certains ont joué au foot. Et puis on a commencé à se lire les textes qu'on avait écrits sur les objets kitsch. Kitsch ?

Oui, au départ, c'était l'idée, mais bien vite on a senti que la tendresse l'emportait sur la moquerie, qu'une part d'enfance était enfermée là, dans ces gestes et ces odeurs qu'on retrouvait. Ah oui, c'est vrai, il y avait ça, c'était comme ça, on faisait ça...

À rêver ensemble on partageait, et c'était ça, le livre. Une amitié toute simple. Des choses simples. Des petits bouts de vie enfermés là. À retrouver. À partager.

L'appareil photo pour enfants

FICHE TECHNIQUE

Ce projecteur miniaturisé de vues se compose d'un ruban de diapositives qu'une molette permet de faire avancer.

Lorsqu'on regarde par l'œilleton, une loupe grossit la vue éclairée par une source lumineuse, afin de donner l'impression qu'on se trouve au cœur même du paysage.

Dans son aspect extérieur, ce jouet destiné aux enfants cherche à imiter à la perfection l'appareil photo des adultes. Mais ceux que l'on trouve aujourd'hui dans les bazars, au design nipponisant, ont perdu le charme clinquant de ceux de notre enfance.

Nota bene : *Pour l'alimentation électrique de l'appareil, utiliser de préférence des « piles Wonder qui ne s'usent que si l'on s'en sert ».*

À la découverte des sources du Nil

À six ans, on veut faire comme les grands. Et quand je voyais mon frère aîné photographier la chaîne des Écrins ou des marmottes pointant le nez hors de leur trou avec son Kodak Instamatic flambant neuf, je tendais une main suppliante. Mais mon frère répliquait invariablement avec un méchant sourire : « C'est pas pour les petits ! » Et ma mère surenchérissait avec des mots de mère : « Tu comprends, tu le casserais, c'est fragile ! Tu en auras un toi aussi pour ta communion ! » Mais ça ne m'empêchait pas de trépigner de colère et de baver de jalousie.

Un jour que l'altercation avait été plutôt vive, ma mère trouva la parade en m'achetant dans un bureau de tabac de Morzine un de ces appareils à faire défiler des vues fixes. Il imitait à la perfection un appareil photo, possédant un objectif, un déclencheur et même une courroie pour le suspendre autour du cou à la manière des grands reporters. Quant aux diapositives, elles représentaient un panorama complet de la chaîne des Alpes, de Gap à Briançon : paysages enneigés, téléphériques, chamois et bouquetins, chalets rustiques, troupeaux à sonnaille, Mont-Blanc, etc.

À longueur de journée, je n'en finissais pas de faire défiler les vues, et je berçais les trajets en voiture familiaux du déroulé incessant des clic-clac.

Ma petite sœur d'à peine trois ans tendait une main suppliante ; mais comme elle était de meilleure composition que moi, je réussis sans peine à la persuader que ce n'était pas pour les petits et qu'elle aurait le même pour son baptême... ce qui faisait hausser les épaules de mon frère.

Bien évidemment, le mécanisme m'était totalement mystérieux et je ne comprenais pas pourquoi, si l'on n'appuyait pas suffisamment fort sur le déclencheur, on se retrouvait avec des moitiés de vues, comme par exemple le toit du chalet sur les pattes des chamois.

Mon père, qui était instituteur, m'avait parlé de films, de lumière, de projection et de loupe... mais son discours pédagogique m'était passé totalement au-dessus ; et je préférais croire à une forme magique d'emprisonnement de paysages qui faisait mes délices. Songer qu'une boîte de 10 centimètres carrés peut contenir une troupe de chamois sautillant est une vraie jubilation.

Pourtant mon besoin de comprendre fut un jour plus grand que celui de rêver. J'empoignai un couteau et un tournevis et m'embarquai pour une autopsie en règle. Une heure plus tard, je me retrouvai avec un monticule de trésors sur la couverture de mon lit : une pile électrique, une ampoule, une loupe et un rouleau de film qui, dressé vers la lumière, me donnait à voir les fameux paysages en petites cases colorées.

C'était donc ça ! J'avais atteint les sources du Nil, découvert le vaccin contre la rage, trouvé le théorème d'Archimède... Une des énigmes du monde adulte venait de m'être révélée.

Pris d'une frénésie de connaissance, j'allai chercher le marteau dans la boîte à outils et m'attaquai au réveil de mon frère dont l'avancée régulière des aiguilles m'avait toujours paru un insondable mystère...

M. P.

La Bouteille de liqueur boîte à musique

FICHE TECHNIQUE
Une bouteille de « Gold liqueur », également estampillée « Eau-de-vie de Danzig », à 30°, dont les caractéristiques gustatives sont illisibles. Ce qui compte, c'est la forme de la bouteille, largement évasée en cloche pour permettre l'intrusion d'une danseuse et d'une boîte à musique actionnée par un système mécanique.

Dans sa liqueur mélancolique

Elle est sexy, dos dénudé, bustier doré décolleté, mais sa gestuelle est celle d'une petite fille appliquée, jambes libres qui pendouillent sous la vaste corolle de la jupe rouge, bras hiératiques figés dans un salut élégant tremblotant. Juchée sur pointes pour l'éternité, elle vit, mélancolique, au fond de l'eau-de-vie. On la respecte. Trop. Qui pourrait se décider à boire ce liquide incertain recommandé par Lucas Bols, vieillard sévère engoncé dans sa fraise ? Ce serait injurier la douloureuse attente de la danseuse. Douloureuse. Empalée sur une tige métallique, vouée à l'immobilité parfaite ou au tournicotement, elle attend qu'une main ose enfin la saisir, incline sans façon la bouteille au risque d'effaroucher le secret de sa jupe, tourne la clé cachée tout en dessous.

Alors, elle s'anime dans l'élan d'une valse viennoise. Trop remontée, elle devient risible, tressautante. Mais la lenteur s'installe avec une infinie tristesse, qui décompose bientôt les notes métalliques. Elles se font liquides et lourdes – sucreuses un peu, comme la liqueur, sans doute, et comme la solitude.

Ce sont toujours les enfants qui servent d'alibi. On remonte la danseuse pour eux, pour voir leurs yeux briller. Mais le silence qui suit est pour les grands aussi. C'est un dimanche qui s'ennuie, début d'après-midi, après la tarte aux pommes et la discussion politique. On est peut-être tous ainsi, un peu sous cloche, un peu enfant, un peu sexy. La danseuse s'éteint dans un dernier sursaut.

Et si on sortait faire un tour ?

Ph. D.

La bouillotte

FICHE TECHNIQUE
Récipient de métal ou de caoutchouc rempli d'eau chaude permettant de réchauffer les draps d'un lit. On dénombre actuellement une multitude de formes allant de simples volumes aux personnages de la mythologie contemporaine : Mickey, Popeye, Batman...
L'eau qui emplit la bouillotte doit être portée aux alentours de 60° afin d'éviter tout risque de brûlure. Cet objet était très répandu au début du XX*e siècle, principalement en province. Quelques tentatives d'utilisation de bouillottes à résistances électriques ont été effectuées, mais se sont pour la plupart soldées par des accidents graves dus à l'électrocution.*

Le petit chaperon d'eau chaude

Comme c'est difficile d'aller se coucher !

Moi, j'ai huit ans. Le soir, j'ai froid. À cause de l'hiver. À cause de cette grande maison qui craque. Et puis il y a plein de courants d'air partout. Mon grand-père, il dit comme ça que c'est le vent qui passe par les tuiles du grenier, que c'est mal isolé et que même les volets et les rideaux épais ne peuvent rien contre lui.

Mon grand-père, lui, il n'a jamais froid. Le gros poêle à bois de la cuisine lui suffit. C'est vrai qu'il chauffe bien, le poêle. Mais juste la cuisine ! Pas ma chambre glacée et humide.

Quand le soir tombe, il y a toute la famille autour du poêle. On dîne toujours à sept heures. Pile quand sonnent les cloches de l'église. Sept heures, c'est une bonne heure pour souper, dit grand-mère. C'est elle qui fait la cuisine, alors on obéit tous.

Le repas ne dure pas longtemps. Il faut dire que manger la soupe, un peu de légumes, du fromage et un fruit, eh bien, c'est drôlement rapide !

Avec ma sœur et mon frère, on aimerait traîner un peu au chaud mais grand-père claque dans ses mains et, tout de suite après, il dit : « Au lit, les enfants ! »

Vite, sur place, j'enfile ma chemise de nuit que j'ai laissée tout le dîner sur le dos d'une chaise, près du gros poêle. Puis grand-mère distribue les bouillottes qu'elle vient de remplir. On a chacun la sienne. La mienne est en caoutchouc et en forme de chaperon rouge. Je l'aime vraiment, celle-là. Son bouchon est caché sous un bonnet en velours rouge et c'est doux quand on met les pieds dessus, au fond de son lit !

Grand-mère enveloppe les bouillottes dans des torchons épais pour qu'on ne se brûle pas en les montant dans nos chambres.

Aussitôt que j'ai la mienne, je ne perds pas de temps. Une bise sur la joue râpeuse de grand-père, deux bises sur les joues craquelées de grand-mère et je file, mon chaperon rouge dans les bras, tout contre ma poitrine.

Elle est lourde, ma bouillotte. C'est vrai ; lourde et molle. Mais tellement agréable à serrer contre moi.

J'ouvre la porte de ma chambre. Son air frais me fait frissonner. Je cours me jeter dans mon lit. Je me roule en boule, chaperon rouge sur mon cœur. J'attends un peu et je me déplie comme un escargot qui sort de sa coquille. Lentement, très lentement pour que mes mollets et mes pieds s'habituent à la fraîcheur des draps. C'est à ce moment précis que je retire le chaperon rouge de son torchon et que je le glisse à mes pieds pour le pousser plus loin, au fur et à mesure que le lit se réchauffe.

Voilà, maintenant, je peux essayer de m'endormir. Je tremble encore un peu. Je crois bien que c'est parce que ça craque, au-dessus de moi. Tout en haut de la maison. Dans le grenier. Ça doit être le vent qui se faufile entre les tuiles. Oui, le vent...

A. C.

La statue de femme nue

FICHE TECHNIQUE

Hauteur estimée : 35 centimètres. Longueur estimée : 60 centimètres.

Objet de décoration, peut-être de provocation.

Composition supposée : terre cuite (terre argileuse façonnée et durcie au feu) ou plâtre (obtenu par calcination vers 200 °C du gypse, sulfate de calcium), poudre mélangée à l'eau pour former une pâte qui se solidifie rapidement.

L’adieu à Diane chasseresse

Artémis, baptisée Diane par les Romains, fille de Zeus et de Léto (Jupiter et Latone), était sœur jumelle d’Apollon et déesse de la chasse. Ce qui lui valut de nombreuses statues antiques et modernes dont un certain nombre de marbres, bronzes et terres cuites d’après Jean-Antoine Houdon, la représentant courant nue, l’arc à la main. C’était donc sans doute une Diane chasseresse que cette statue représentant une femme nue bandant un arc, devant laquelle je passai pendant mes huit années de lycée et que je retrouvai longtemps après à la même place : à l’angle du boulevard des Belges et de la rue Tête d’Or, à Lyon.

Elle occupait seule une fenêtre du rez-de-chaussée d’une maison bourgeoise dont la façade en arrondi était séparée du boulevard par un étroit espace vert, défendu par une haute grille. Indifférente, souveraine, harmonieuse et sensuelle, la belle montrait son dos nu et les trois quarts d’un sein, le buste droit et les muscles tendus, l’arc dirigé vers un gibier depuis longtemps disparu, une jambe repliée élégamment sous elle et l’autre étirée avec souplesse en arrière de son corps.

Seul ou avec les copains, je passais et repassais sans cesse devant cette œuvre d'art si insolite, insolente et omniprésente, qu'elle était vraiment la déesse de ce carrefour particulièrement fréquenté. Chose étrange, dans ces temps et ce quartier prudes, jamais la belle païenne ne parut choquer qui que ce soit. Jamais elle ne poussa les lycéens boutonneux, dont j'étais, à ricaner en osant une plaisanterie naïve. Non ! En fait cette Diane était peut-être devenue pour certains un élément de mobilier urbain, fort éloigné de tout design contemporain. Pour d'autres, elle était « la statue » du boulevard des Belges, au même titre qu'un monument public.

Pendant des décennies, non seulement la statue ne quitta pas sa fenêtre, mais elle y régna toujours dans la même position. Mais ce qui m'étonna davantage et m'intrigue encore aujourd'hui, c'est que malgré des stations prolongées au carrefour, je ne vis jamais un être vivant apparaître à cette fenêtre. Peut-être n'y avait-il pas d'autre habitant que la statue solitaire, comme dans ces demeures issues de mondes parallèles, visibles par quelque interstice de l'espace-temps ? Ou bien était-ce un domaine des dieux, dont la gardienne avait la faculté de nous faire croire qu'elle était minérale ? Peut-être était-ce une astucieuse disposition de l'office du tourisme, pour donner à la ville un air artistique et coquin ? Ou, plutôt, les propriétaires de la maison, vieilles personnes fort dévotes et honteuses, étaient liées par une méchante disposition testamentaire à l'obligation de laisser la statue à sa place, aussi longtemps qu'elles occuperaient les lieux ? Plus j'y pense, plus je crois à cette explication, car le couple dut disparaître sans descendants, miné par la malédiction de la statue. Quant à Diane, cédée dans quelque hôtel des ventes, elle hante désormais la façade d'une autre demeure, s'offrant ailleurs aux regards des passants.

En tout cas, la statue a disparu à la fin des années 70, me semble-t-il, mais la maison est toujours là, et il m'arrive de passer plusieurs fois par an devant la fenêtre vide, sans que je m'attarde pour savoir si la maison est habitée ; je ne tiens pas à savoir la vérité.

J. C.

Le bol au prénom

FICHE TECHNIQUE
Bol de forme et de taille habituelles à tous les bols, souvent peint en ocre et bleu (tradition bretonne) sur lequel est écrit un prénom. Sa contenance est de 30 centilitres ; il supporte une forte température mais n'est que très rarement utilisé. Bien que fort pratique et parfois même muni d'une anse, cet objet est usuellement voué à la décoration. Nous devons en effet admettre qu'il trouve sa place sur un buffet, à côté de poupées de collection, sous un merveilleux canevas accroché au mur. Il est de bon ton de poser le bol au prénom sur un petit napperon dentelé qui contribuera à le mettre en valeur.

Missive d'un oublié

Entreprise Beausouvenir
33, rue des Hespérides
Bordeaux

Épernay, le 16 septembre 1953.

Monsieur le Directeur,

Je vous écris cette lettre pour vous témoigner ma contrariété quant à la stupéfiante et navrante découverte que j'ai faite lors du séjour en voyage organisé (Air et Campagne) qui m'a conduit dans de nombreuses villes de notre si belle France.

J'ai en effet gagné un concours radiophonique dont le premier prix était un périple touristique et pittoresque à partager avec la personne de mon choix. En l'occurrence, marié depuis trente-cinq ans, j'ai demandé à ma femme de m'accompagner. À ce propos, je dois vous préciser que mon épouse est une personne très sentimentale qui n'a dans la vie d'autre souci que de me faire plaisir. Ce n'est pas un détail, Monsieur le Directeur, et si je me permets de souligner ce point, c'est pour mieux mettre en valeur la nature de mon mécontentement.

De plus, je n'ai pas la réputation de passer pour quelqu'un d'acariâtre et il n'est pas dans mes habitudes d'être procédurier, cela malgré une carrière d'huissier récompensée par la médaille du Mérite remise personnellement par Monsieur le maire d'Épernay, Jean-Benoît Mariechi !

J'en viens enfin à la raison de cette lettre ; notre voyage en car nous a permis de connaître Nantes, Le Mans, Le Havre, Rouen... Bénéficiant à chaque fois d'une visite guidée fort instructive et distrayante. Ma femme m'avait avoué son intention de me faire cadeau de l'un de ces bols originaux, si délicatement peints et marqués à votre prénom. Quelle ne fut pas sa déception, au terme de nos promenades et nombreuses haltes, de ne pas trouver de bol mentionnant mon prénom !

Ah, des Alain, Jules, Marcel et autres Marie-Claude, Odette ou Geneviève ne manquaient pas ! Mais pas un seul Fulgence !

Imaginez, Monsieur le Directeur, le dépit de mon épouse si délicate et qui espérait tant me témoigner son affection par un souvenir auquel je serais resté attaché jusqu'à la fin de ma vie. Ou elle, de la sienne ; car, je me dois de vous préciser que je suis d'une santé fragile et que je risque d'être emporté par la mort avant mon épouse qui, elle, est de robuste constitution. Je l'imaginais déjà, seule, ce bol avec mon prénom lui rappelant la mémoire de son vieux compagnon.

Mais non ! Cela ne sera pas, Monsieur le Directeur ! Cela ne pourra être à cause de votre entreprise qui fabrique et commercialise ces objets et qui n'a pas cru utile de placer sur le marché un bol au prénom de Fulgence.

Dois-je vous rappeler que l'histoire de France a vu passer des Fulgence illustres qui se sont distingués depuis les champs de bataille jusqu'au métropolitain ? Et le Fulgence que je suis, retraité de la fonction publique, ancien huissier en titre, se permet aujourd'hui d'attirer votre attention sur cette grave lacune qui laisse frustrée et malheureuse une fidèle épouse ainsi qu'un mari humilié.

J'espère que vous saurez mettre à profit les remontrances que je me suis permis de vous adresser afin que des citoyens prénommés Eusèbe, Ménalque, Bathyle, Horace ou Andropope ne subissent pas l'affront dont j'ai été atteint.

Recevez, Monsieur le Directeur, l'expression de mes sentiments distingués.

Fulgence Lamorisse.

D. C.

Le bob

FICHE TECHNIQUE

Fonction : couvre-chef pliable anti-coups de soleil. Support publicitaire à grande diffusion garantie.

Forme : aucune, si ce n'est celle de la tête à cloche de celui qui l'arbore.

Diamètre : invariable, quel que soit le QI du porteur.

Distribution : essentiellement au sein des caravanes du Tour de France.

Surnom : Caliméro.

Utilisations annexes et complémentaires : ramasse-mûres dans les sous-bois, ramasse-poussière dans les foyers, ramasse-rires partout ailleurs.

La cloche ne vaincra pas

C'était à la fin de la Seconde Guerre mondiale. Ma mère était une jolie brune piquante qui découvrait le chewing-gum et les bas nylon. L'été était joyeux, peuplé de soldats américains aux sourires éclatants. Les sauveurs s'appelaient tous Robert. Ou plus exactement ils s'appelaient Bob, la prononciation de leur prénom d'origine (« Waooubeurrte ») dans l'accent d'outre-Atlantique s'avérant trop difficile pour un ch'timi. Sous le soleil de l'été 1944, ces envahisseurs du Nouveau Monde protégeaient leur teint sous un drôle de chapeau sans forme en toile légère. Les « Frenchies » en rêvaient et se l'étaient approprié avec le sobriquet de « bob »… La panoplie du séducteur d'après-guerre s'était alors enrichie de cigarettes blondes, de shorts longs venus des Bermudes et de cet ineffable « bob ». Qui aurait cru que cette mode allait durer trente ans ?

— Ma chérie, n'oublie pas ton bob, le soleil tape…

La nostalgie n'est pas héréditaire. Lorsque la journée commençait par ces mots, je rêvais soudain de ciels obscurcis et de bas nuages lourds tant je trouvais ridicule cette espèce de cloche en tissu soi-disant pare-soleil.

« Aimez ce que jamais on ne verra deux fois », proférait Vigny. J'avais inscrit cette maxime sur mon cahier de poésies et je la hurlais en moi-même chaque fois qu'on voulait me faire porter ce couvre-chef informe qui obsédait les étés de mon enfance. Il coiffait aussi les faces rougies de mes voisins de plage, ces derniers étant immanquablement dotés de la panoplie complète du vacancier moyen, famille « années 70 », catégorie « plages du Nord » : un short blanc, des chaussettes de tennis, un tee-shirt coloré et LE bob, le sacro-saint bob blanc le plus souvent orné du logo d'une marque très connue d'apéritif anisé.

Mais fort heureusement pour l'avenir esthétique du monde, ma génération se rebellait déjà. « Non au bob ! Vive le bandana ! », « À bas le bob à Papa », « La cloche ne vaincra pas »... Refuser le bob, c'était faire nos adieux aux étés passés sur le bord de la route à guetter une apparition éphémère d'un Merckx ou d'un Poulidor. C'était encenser l'Amérique des cow-boys, rêver de buffles et d'Indiens plutôt que de débarquement en Normandie. C'était revendiquer comme une nostalgie antérieure.

Bien des années plus tard, j'ai retrouvé, perdus au fond d'un sac à souvenirs, réunis dans un même oubli, le bob et le bandana. Et que croyez-vous que j'aie essayé en premier ? Le gâche-tête de mes quinze ans ! J'en ai souri devant ma glace, d'un sourire un peu moqueur qui dévoilait une douce et tendre ironie sur ma rébellion adolescente. LE bob de ma vie avait conservé des odeurs de crème solaire et d'embruns de la mer du Nord. Quelques grains de sable s'en sont échappés.

J'ai allumé une cigarette blonde et j'ai appelé ma mère.

L. M.

Le chien-baromètre

FICHE TECHNIQUE

Un des grands mystères de l'enfance avec le Père Noël et la Petite Souris. Au demeurant banal sujet de plâtre blanc pailleté, par on ne sait quel pouvoir magique, de bleu et de rose selon le temps qu'il fait. Après dix ans, il y a toujours quelqu'un pour vous expliquer : « C'est une simple réaction chim... »
Mais on ne veut pas savoir !

La Pompadour de la météo

Avec une permanente bleutée ou trop de rose à joues comme une vieille dame de la cour de Louis XV, entre des tours Eiffel dorées et des petites cuillères à écusson, la chienne et ses petits annoncent le temps qu'il fait dans les rues pentues du Mont-Saint-Michel.

Qui pourrait croire que sous les paillettes d'argent se cache un banal sujet de plâtre blanc ? Plus besoin de météo ! Ce baromètre magique vous dira la couleur du jour... hier bleu myosotis sous un ciel de vacances, demain rose tendre pour vous faire oublier les averses de septembre.

Poudrée de frais, la caniche Pompadour affiche un rose insolent derrière la vitre ruisselante de pluie, et sa douceur factice de yaourt à la fraise vous a soudain semblé désirable en cette fin de juin humide.

Voici l'objet fragile et précieux en votre possession. Chez vous, dans le rond de la lampe, près du lit. Bleu un peu aigu de jacinthes de sous-bois.

Mais les jours passent et les nuages, les pluies, les orages, les ciels gris... le baromètre magique reste bleu, immuablement bleu, accroché à une idée fixe de beau temps. Serait-ce le chauffage central qui trouble ainsi le sortilège ? Ce lavande éternel est une insulte au merveilleux...

Alors on ouvre la fenêtre, on place la petite chienne sur le balcon et, caché derrière la vitre, on attend le miracle... Lentement, de minute en minute, le bleu se turquoise, puis insensiblement passe du mauve au rose, comme un ciel de crépuscule...

Le front brûlant contre le carreau mouillé par l'averse, on sait enfin qu'il pleut dehors.

M. D.

La dentelle en sucre

FICHE TECHNIQUE

Pour le travail au crochet proprement dit, se reporter aux magazines spécialisés de l'époque. Le plus important réside ailleurs : le secret – enfin dévoilé – du sirop de sucre.

La bonbonnière terminée, l'empeser au sucre de la façon suivante : faire fondre 250 grammes de sucre blanc dans 2 décilitres d'eau. Porter à ébullition et laisser refroidir. Tremper l'ouvrage dans ce sirop encore tiède, essorer légèrement puis tendre sur un verre retourné, de même dimension que la bonbonnière espérée. Laisser durcir avant d'enlever le verre. C.Q.F.D.

Du Club des postières au Club des Cinq

C'est votre grand-mère qui la première introduisit dans la maison familiale ces objets décoratifs tout de blanc ajouré : corbeilles à fleurs, bonbonnières et petites chèvres. Comme vous manifestiez votre intérêt, elle s'empressa donc de vous raconter qu'elle avait elle-même découvert cette activité au « Club ».

Bien avant les Gentils Organisateurs et leurs Gentils Membres, « Club » signifiait d'abord pour vous « Club des Cinq » du nom de cette série de livres d'aventures en Bibliothèque rose qui peupla votre enfance. Vous vous souvenez avoir éprouvé quelque difficulté à établir le rapport avec le Club des anciens postiers et postières de l'arrondissement de Montluçon, canton de Commentry, dans l'Allier, votre Bourbonnais natal.

Puis votre grand-mère vous montra comment elle transformait en bonbonnière une simple pelote de coton blanc de 50 grammes par un savant travail au crochet, composé de rangs, mailles, brides simples, doubles ou même triples, arceaux et autres picots.

Jusque-là, cette énergie créatrice d'un monde d'adultes vous demeurait aussi lointaine et indifférente que la confection d'un pull-over ou la réussite d'un pâté à la viande – truffé de trompettes de la mort et arrosé de Cognac –, la fabrication de paniers en osier ou la taille hivernale d'un cerisier en pleine croissance.

Mais ce qui vous intriguait vraiment et que vous ne parveniez à comprendre, malgré les explications répétées de votre grand-mère, c'est par quelle baguette magique, par quel étrange sortilège, ce fil de coton, fût-il tricoté à l'infini, pouvait se solidifier à ce point, rien qu'en le trempant dans du sirop. Comment ce napperon en dentelle lâche parvenait à durcir ainsi et s'ériger sur une commode par la grâce du sucre…

Vous auriez volontiers échangé un exemplaire de votre collection du Club des Cinq – cédé l'une des aventures palpitantes de François, l'aîné de la bande du haut de ses treize ans, Mick et Annie, ses frère et sœur, leur cousine Claude, ce garçon manqué qui ne voulait pas qu'on l'appelle Claudine, parce que c'était un prénom qu'elle détestait, Dagobert enfin, dit Dago, le meilleur des amis, le chien de toutes les épreuves et de toutes les fêtes, celui auquel vous auriez confié tous vos secrets, y compris celui-ci – contre la solution de l'énigme qui vous tracassait chaque fois que vous retrouviez votre grand-mère : « Le mystère de la dentelle au sucre ».

Ch. R.

L'assiette à dessert à décor historique

FICHE TECHNIQUE
Pièce de vaisselle, objet de décoration, voire de vénération.
Sujets : personnages historiques ou mythiques, scènes édifiantes, rébus.
Diamètre : 19 centimètres.
Faïence : poterie (terre cuite) à pâte poreuse opaque vernissée ou émaillée, peinte à la main (type Sarreguemines, 1907).

Le saint dans l'assiette

On connaît bien ces assiettes peintes héritées des grands-parents ou dénichées dans quelque brocante, dont les décors à dominantes brunes ou vertes mettent en scène des proverbes, rébus ou devinettes, illustrent les fables de La Fontaine ou d'autres œuvres classiques ; mais surtout, dans un style emphatique, représentent un glorieux épisode de la vie d'un grand personnage de l'histoire de France, ou de l'Église catholique.

Je me souviens d'un Don Quichotte adoubant Sancho Pança, de la fable du Lion et du Rat, de sainte Thérèse de Lisieux en extase, de Clovis réglant son compte au Franc qui avait cassé le vase de Soissons, de l'enterrement de Marceau entouré de cartouches « Patrie, Honneur, Gloire », et je possède encore Charlemagne à l'école, Jean Bart mettant le feu aux poudres pour dynamiser ses marins, Jeanne d'Arc trouvant sa voie, ou Bayard moribond baisant son épée.

Quand j'étais petit et que le dessert n'était pas à mon goût, je traçais dans la nourriture étalée des chemins révélant ou dissimulant une partie ou l'autre de ces scènes au fond de mon assiette. Parfois, au moment de les distribuer autour de la table, entre parents ou amis, il y avait des discussions entre les adultes, chacun voulant « son » personnage. Tous riaient de la naïveté du dessin, retournaient l'assiette pour en savoir la provenance, spéculaient sur sa valeur, se désolaient d'une fissure ou d'une ébréchure nouvelle.

Parmi les personnages décorant ces assiettes, il en est un qui ne figurait pas dans mes favoris, bien que né aux portes de Lyon, où j'ai vécu toute mon enfance : c'était Jean-Marie Vianney, canonisé en saint curé d'Ars, dans la grande tradition artistique et métaphysique sulpicienne de la fin du XIXe siècle. Le bon prêtre était dans une humble attitude de bénédicité, bienvenue au fond d'une assiette, assis sur une méchante chaise paillée.

Je ne me souviendrai peut-être pas du saint ascète d'Ars-sur-Formans, si une mésaventure ne m'avait lié à lui pour la vie, et sans doute au-delà. J'avais huit ans et je suivais les cours du catéchisme de ma paroisse de Saint-Joseph des Brotteaux. Un après-midi d'hiver, le prêtre chargé de notre instruction nous raconta la vie du curé d'Ars. Pour expliquer, sans doute, ce que sont le mal et la tentation, il évoqua avec ferveur les démêlés de l'ecclésiastique avec le diable, insistant sur les actions spectaculaires du démon invisible : encrier se fracassant contre les murs, valse des meubles, fourche bloquant la roue d'une charrette...

En sortant de la sacristie, avec un copain dont je n'ai conservé ni le nom ni le prénom, nous étions terrorisés, au sens le plus fort, le plus surnaturel qui soit. C'était vers 17 heures, il faisait déjà nuit, les rues étaient désertes. Après quelques pas, nous nous étions arrêtés, serrés l'un contre l'autre, incapables de continuer notre chemin ; comme si chaque porche, chaque coin de rue, chaque pas, chaque inspiration, chaque son même, pouvait faire jaillir l'ombre du Malin, prêt à l'un de ses tours démoniaques. Comment réussîmes-nous à gagner nos logements respectifs ? Je ne sais plus. Mais je crois me rappeler que je n'attendis pas les toilettes pour soulager ma terrible peur. Ma mère alla par la suite se plaindre au catéchiste.

Aujourd'hui, je ne sais pas ce que mon compagnon de terreur est devenu, mais je sais que si je retrouve une assiette à l'effigie de Jean-Marie Vianney je la briserai pour conjurer le sort ; car depuis ce temps, croix de bois, croix de fer, je crois au Malin même s'il n'y a pas d'enfer.

J. C.

Le Canevas

FICHE TECHNIQUE

Morceau de toile imprimée à tissage peu serré sur lequel on exécute une série de points de broderie à l'aiguille. Ouvrage nécessitant beaucoup de patience et demandant un sens artistique relativement développé, le résultat appelant forcément l'admiration des siens. Il est à noter que les sujets à colorier de laines multicolores sont relativement limités. Nous pouvons les classer en trois catégories :

1. La scène bucolique d'un sous-bois avec des biches (ou cerfs, chevreuils...) qui s'abreuvent à l'eau d'une petite mare dans laquelle se reflètent obligatoirement de manière symétrique les feuillages du décor.
2. La scène montagnarde (essentiellement régionaliste) avec prairies vertes, montagnes enneigées et ciel nuageux. On y rencontre éventuellement des bouquetins accrochés au flanc d'une falaise.
3. Les bouquets de fleurs. Très variés dans leur composition, ils se répartissent eux-mêmes en plusieurs espèces : coquelicots, œillets, tulipes ou marguerites.
Le canevas peut être encadré pour orner un mur de salle à manger. À placer de préférence au-dessus du buffet.

Dialogue à deux aiguilles

Premier jour.

Extérieur. Été 1965, au bord de la Marne. Temps pluvieux. En présence : deux adolescentes. Ce sont deux sœurs. Quatorze et quinze ans. Cadrage plein champ puis zoom avant avec musique d'ambiance yé-yé (chanson de Franck Alamo).

La caméra fixe les deux filles en plan américain. Elles sont en train de broder un canevas de 60×40 centimètres.

Camille :

— Je te le répète ; nous aurions dû choisir le bouquet de coquelicots. Les motifs étaient plus gais, les couleurs plus vives... Le tout dans un format plus petit.

Monique :

— Mais nous l'aurions terminé en moins d'une semaine !

Camille :

— Et alors ? Il ne pleuvra quand même pas tout l'été ! On ne va pas trimbaler notre sac à ouvrage tous les jours. Tu parles de vacances !

Monique :

— Tu n'es jamais contente. Jamais !

Camille :

— Ce n'est pas cela ; je ne suis pas d'accord avec toi, c'est tout ! Tu crois que ça m'amuse ces bi-biches dans la forêt ? Tu ne trouves pas ça triste, toi ? L'automne, alors que l'été commence à peine ?

Monique :

— Tu ferais mieux de me passer les écheveaux de coton perlé et de m'aider à les mettre en nattes. Ensuite, nous les classerons par couleurs.

Camille :

— Moi, j'ai envie de broder la petite maison près du pont.

Monique :

— Va pour la maison. Je commence par les biches et on se rejoint dans le bois.

Huitième jour.

Intérieur maison. Les deux sœurs près d'une fenêtre. Pluie glissant sur les carreaux. Intervention de la mère qui passe la tête par l'embrasure de la porte.

La mère :

— Où en êtes-vous, les filles ? Ça doit avancer à ce rythme-là...

Camille fait la moue et boude.

Monique :

— Je viens de terminer ma troisième biche ; je commence le ciel pour changer de couleur.

La mère :

— Alors, les expertes du point de croix, vous êtes de plus en plus rapides et vous ne vous piquez plus les doigts ?

Camille ne répond pas et hausse les épaules.

Monique :

— Il faut bien que j'avance, Camille fait du sur place dans sa cabane !

Vingt et unième jour.

Extérieur jardin. Une rapide éclaircie entre deux nuages. Les deux sœurs sont parties marcher. Le canevas est abandonné sur le banc. La toile imprimée est presque totalement recouverte. Le ciel, les bois, la rivière et les biches sont brodés. Il manque le toit à la cabane.

Un poste à transistors a été laissé allumé. On entend Johnny Hallyday.

Vingt-sixième jour.

Extérieur bord de rivière. Très beau temps. Baignade dans la Marne. Toute la famille profite enfin de cette première journée ensoleillée. Présence du sac à ouvrage non ouvert sur l'herbe. Une bouteille de limonade et le goûter du «quatre heures».

<u>Dernier jour de l'été.</u>

Intérieur maison. Les deux sœurs finissent de ranger leurs affaires. Le père et la mère préparent les valises. À la radio, Dalida chante un slow.

La mère :

— Au fait les filles, et votre canevas ?

Monique à Camille :

— C'est toi qui l'avais en dernier.

Camille :

— Mais non, tu sais bien, c'est toi !

Monique :

— On avait décidé de l'offrir à tante Hélène... Comment on va faire ?

Camille :

Il suffit d'attendre les prochaines vacances. Ça m'étonnerait qu'il ne pleuve pas encore un peu.

<u>Le départ.</u>

Toute la famille est dehors. Le père claque la porte et donne un double tour de clef.

La caméra fait un gros plan à l'intérieur. Au dos de la porte, à une patère, pend le sac à ouvrage qui se balance.

A. C.

La gourde en peau de bique

FICHE TECHNIQUE

Fabriquée en peau de brebis retournée et cousue, cette gourde offre deux modèles possibles en fonction de la contenance : Junior (1/2 litre) et Caribou (1 litre).
D'une élégante forme de poire, elle est munie d'un lacet de peau permettant de la suspendre ou de la porter en bandoulière lors des expéditions dans la nature sauvage.
Sa texture animale donne au liquide un agréable goût musqué. Pour les enfants, nous conseillons de la remplir d'eau adoucie d'un sirop ou mieux d'antésite (boisson économique dont il suffit de quelques gouttes pour colorer et rendre savoureuse l'eau la plus plate).
Sa forme à l'ancienne rappelle l'outre romaine ou la gourde en peau de dromadaire que les chameliers emportent dans les déserts les plus torrides.

L'appel des eaux et forêts

Nous étions en vacances dans la vallée d'Aspe. J'avais neuf ans et j'étais parti seul « escalader » la grande colline qui faisait face au chalet que mes parents avaient loué. Chaussé de mes « pataugas » avec, autour du cou, une gourde en peau de bique achetée dans un bazar de Lourdes... la sauvagerie me posséda soudain. Je me sentis devenir trappeur, Robinson, homme du néolithique dont tous les ustensiles sont faits de matériaux nobles et naturels : bois, cuir, corne et os !

Je grimpais comme une chèvre, sans prendre garde au soleil qui me rougissait le visage ni aux fougères qui giflaient mes cuisses nues. Je crachais et soufflais, ahanant chaque gorgée d'air comme un bûcheron abat sa hache sur l'arbre.

Au gré des foulées, j'étais successivement un sherpa aidant Maurice Herzog à gravir l'Annapurna, Lawrence d'Arabie soulevant les tribus du désert, drapé dans son burnous immaculé, ou Jack London arpentant le Klondike pour aller installer sa batée dans le lit ignoré d'une rivière aux couleurs d'or.

Arrivé tout en haut des sapins, là où commencent les premiers alpages, je grimpai sur un rocher pour voir la maison tout en bas, minuscule tache noire. Je ne sais pourquoi, sans doute à cause d'une gravure d'un de mes livres qui la représentait dans une position analogue, je songeai à la chèvre de Monsieur Seguin.

Puis je décrochai ma gourde. Je me délectai un instant de son contact rêche, simple et doux, sensation magique d'avoir la bête sous les doigts, celle-là même – chèvre libre et fière – qui avait donné sa peau à l'ingéniosité de l'homme. Puis je la dressai vers le ciel, comme un hymne à la divinité, en remerciement de cette eau précieuse, eau de source et de vie. Ce n'était pas le rituel d'un prêtre levant le calice, plutôt le geste rustre de l'homme ancien, celui d'avant la religion, adorant son créateur à sa manière instinctuelle. Et le jet dru, comme d'un pis de vache, me dégoulinait délicieusement sur le visage, moitié dedans moitié dehors...

Une clochette tinta, un chien se mit à aboyer et à me japper entre les jambes.

— Oh, Patou ! Sage, sage...

Un berger apparut, sortant de son troupeau de moutons, comme Moïse écartant la mer Rouge.

Il s'approcha de moi, fit un geste vers la gourde que je lui tendis, plein de fierté.

Alors, ouvrant sa bouche comme un puits, il éloigna le bec de l'outre à près de trente centimètres et fit couler le filet d'eau, sans en laisser tomber une goutte.

Puis il me remit la gourde en bandoulière, passa une main caressante sur mes cheveux ébouriffés... et s'éloigna en sifflant son chien en direction des sommets, là où il n'y a plus pour chemins que les sentes des bêtes.

Dans ma tête, soudain tout s'illumina. Je fus pris d'une vision aussi forte que celle de Bernadette Soubirous dans sa grotte et décidai avec une certitude inébranlable que, plus tard, devenu grand, je serai INGÉNIEUR DES EAUX ET FORÊTS.

M. P.

Le Buvard

FICHE TECHNIQUE

Papier buvard, papier non collé, propre à absorber l'encre fraîche (Larousse universel de 1924). Très employé dans les écoles jusque dans les années 60, quand l'invention du stylo à bille, remplaçant le porte-plume, le rendit très rapidement obsolète. Depuis, les modes d'écriture n'ont pas cessé d'évoluer. Du papier, nous sommes passés au clavier d'ordinateur. Il a été récemment fait une enquête auprès d'une population d'enfants de douze à quinze ans de laquelle il ressort que buvard, porte-plume, gomme ou papier sont des mots archaïques. Des mots non signifiants, vocables ignorés de réseaux de communication comme Internet.

Du papier-mémoire...

J'ai conservé de mon enfance quelques images douloureuses. Des petits riens qui crissent encore dans ma mémoire quand l'esprit se fait nostalgique. Dans ces souvenirs fragiles, un plaisir étrange se mêle à des sentiments disparates dans lesquels je me complais, cherchant à travers d'insignifiantes douleurs le gamin timide et maladroit que j'étais.

Comme tous les gosses de la « primaire », je portais une blouse grise, des culottes courtes, un cartable trop lourd au bout d'un bras maigre et j'avais une coiffure « bien dégagée autour des oreilles »... Les récrés m'avaient couronné les genoux.

Je possédais un plumier contenant des crayons noir, bleu et rouge, une gomme bicolore à encre et à dessin, un porte-plume et des plumes sergent-major. Le nom militaire, sévère et grave de ces plumes trop dures qui déchiraient le papier m'était insupportable.

Comment peut-on apprendre à écrire avec plaisir lorsque l'on doit utiliser des plumes sergent-major ? Par quel miracle un môme de dix ans est-il capable de tracer des lettres sans faire des taches d'encre entre les stricts barreaux des interlignes espacés de deux millimètres ?

Je me souviens qu'il était impérieux d'attaquer ces lignes à un carreau de la marge. Un ! Pas deux ni trois... Un ! Et de la main droite ! La gauche était interdite par je ne sais quelle loi. L'instituteur s'évertuait à contrarier les quelques gamins aux hémisphères cérébraux inversés.

L'opération militaire qui consistait à se jeter sur le champ de bataille quadrillé représentait pour moi un acte d'héroïsme. J'avais peur de sortir vaincu du combat livré contre l'encre, armé de ma plume sergent-major.

Le seul espoir qui me restait, le réconfort, la consolation, c'était mon buvard...

Ce buvard rose et moelleux absorbait mes erreurs, mes ratures, mes maladresses, s'étiolant, se noircissant et s'effilochant au long des heures d'écriture.

Sous ma paume, le buvard suivait la plume et me réconfortait un peu par sa simple présence.

Le soir, de retour chez moi, lorsque je me mettais à mes devoirs, j'ouvrais mon cahier de classe et m'attardais à regarder mon buvard qui se souvenait, à l'envers, de quelques phrases, de quelques taches qu'il avait absorbées. J'admirais silencieusement le tableau abstrait qu'il représentait alors et qui m'apportait des rêves d'enfant fatigué. Mon imagination prenait le large, s'envolait et cherchait des îles flottant dans l'espace... Là où les plumes sergent-major, les cahiers-prisons, les jambages des m et des n, les barres des t, les retenues d'opérations, les preuves par 9, les auxiliaires avoir et être, les COD n'existaient pas !

Douillet, tendre et bariolé, mon buvard était un tapis volant.

Il vole encore parfois dans ma mémoire. Il me revient comme un vieil animal familier qui ne parvient pas à quitter son maître. Usé et sali, ses coins déchirés, sa couleur rose passée, il m'apparaît dans ces soirs d'automne un peu tristes, quand un gamin qui me ressemble ouvre la trappe de mon grenier à souvenirs et passe sa tête pour regarder ce que l'on devient, avec le temps.

D. C.

Le porte-monnaie

FICHE TECHNIQUE

En cuir, le plus souvent brun parisien, parfois un peu plus clair, ou noir.

Deux hémisphères de taille légèrement différente, rabattus et encastrés, rigides. Une petite languette de même matière, permettant de l'ouvrir. Conçu pour accueillir la monnaie, il possède cependant une minuscule poche pour le –les billets. Il apparaît à la fin des années 50, et connaît aussitôt un vif succès.

Une fortune sous les yeux

Avant, il y avait le très viril portefeuille, tiré de la poche revolver ou de la poche poitrine, ou le très féminin porte-monnaie pour faire les courses, avec la fermeture métallique « ailes de papillon ». Le porte-monnaie rabattable est une révolution unisexe. Il s'impose grâce à sa commodité, mais surtout parce qu'il incarne les temps modernes, une société où les tâches sont un tout petit peu moins distinctes. Conçu pour séduire à la fois l'homme et la femme, il sera souvent offert aux enfants. Sa matière estimable – un box plus ou moins lisse, parfois délicieusement moucheté de trous pointes d'aiguille – en fait un cadeau-communion possible, pour les moins proches cependant.

Ce qui compte, c'est le geste pour l'ouvrir, et surtout les quelques secondes qui suivent. Les pièces quittent leur habitacle d'origine pour venir se glisser dans la demi-lune inférieure. Elles se chevauchent vaguement, quand il y en a beaucoup. La main s'écarte du corps pour contempler avec le recueillement nécessaire une fortune allègre, presque débonnaire. On ne devient pas pour autant Picsou plongeant dans son coffre-fort. Il s'agit plutôt d'estimer les possibilités offertes, et leur rapport avec l'objet convoité –baguette, journal, ticket de manège.

Quelque chose en tout cas qu'on est censé pouvoir acheter avec de la monnaie. Parfois, pourtant, on a surestimé le pouvoir des pièces. Alors, il faut introduire l'index et le majeur dans la petite poche plate réservée aux billets. L'opération est moins jubilatoire. Pour raison d'avarice, évidemment, mais pas seulement. La volupté du porte-monnaie rabattable est une affaire de pièces, de toucher, de bruit, d'humilité aussi. C'est un objet pour vivre la vraie vie, celle qui n'exagère pas –un passeport pour les possibles.

Ph. D.

Les petits cyclistes de plomb

FICHE TECHNIQUE
Socle : en forme de flèche dirigée vers l'avant – sans doute pour indiquer le sens de la marche du coureur à son entraîneur enfantin– supportant chaque roue sur une longueur de 7 millimètres.
Longueur totale : 5 centimètres, soit exactement la longueur suffisante pour être tenu entre le pouce et l'index d'un enfant de six ans et plus.
Hauteur à la selle : 2,5 centimètres, de quoi en faire le plus petit vélo au monde.

Roues : 18 millimètres de diamètre, dépourvues de rayons, ce qui représente une négligence indéniablement coupable de la part du fabricant. Position du coureur : assis sur la selle, les deux mains posées sur le dessus des cornes du guidon, un genou plus haut que l'autre pédalant sans effort – attitude fort impressionnante, compte tenu des exploits accomplis – sur un cadre bleu et argenté. Tenue du coureur préféré : casquette et socquettes blanches, maillot jaune – l'inaccessible –, cuissard moulant et chaussures noires.

Poupou et les deux imprononçables

Sous le marronnier de la cour d'école qui ombrageait les récréations collectives comme vos jeux en solitaire, vous faisiez « rouler » vos petits cyclistes sur d'étroits chemins soigneusement tracés et lissés de la paume de vos mains. À genoux dans la poussière, tel Gulliver régnant sur un monde lilliputien, vous étiez le divin stratège de ces soldats anonymes sur deux roues, leur insufflant l'âme des héros qui façonnaient l'actualité sportive.

Dans son maillot à damier blanc et noir exempt de toute publicité, le Français Pingeon fut le premier vainqueur de votre Tour du Marronnier. Hélas pour votre fibre cocardière, son heure de gloire ne dura qu'un été. Un ogre belge – dont le visage ressemblait étrangement à votre frère aîné – s'attacha soudain et pour plusieurs années à avaler tous les maillots de la victoire : le jaune, le vert et même celui du grand prix de la Montagne qui n'était pas encore blanc à pois rouges… La relégation du malheureux Pingeon à plus de dix-sept minutes au classement général mit rapidement fin à la carrière de son modèle réduit en plomb…

Heureusement, il vous restait Poupou. Votre marronnier majestueux en guise de chêne, vous rendiez la justice du peuple en offrant enfin à « l'éternel second » ce maillot jaune qui sur le goudron lui échappait sans cesse.

Sur la terre battue toute l'année par les quelque quarante écoliers du village, l'inusable Limousin laissait sur place les deux Flamands imprononçables de service, Merckx le « Cannibale » déjà évoqué et Zœtemelk le Néerlandais.

Au sommet d'une réplique miniature de la côte de la Jaunisse – un lieu-dit voisin qui causait parfois quelques soucis à vos jeunes mollets – un mini-Poupou en danseuse surclassait tous ces ennemis venus des plats pays du Nord qui tentaient en vain de lui sucer la roue. Vous vous moquiez alors de cette innombrable cohorte des « Van » qui accrochait votre oreille bourbonnaise et vous entraînait vers d'inquiétantes questions métaphysiques à jamais non résolues : Vandenberghe, Van den Bossche, Van den Eynde – ne s'agissait-il pas de trois frères aux prénoms incongrus ? Si vous reconnaissiez à Van Springel un indéniable talent, fallait-il craindre Van der Vleuten plutôt que Van Leeuwen, conspuer Van Neste, disculper Van Schil, et que fallait-il penser de Vanderslagmolen, Van Ryckeghem et Van Vlierberghe ?…

Un jour, Thévenet succéda à Poulidor dans le cœur des Français. Il terrassa l'Ogre, lui prit près de trois minutes dans les Alpes et les conserva jusqu'à la première arrivée – historique – du Tour de France sur les Champs-Élysées.

Mais – malgré ces ingrédients exceptionnels– ce n'était déjà plus votre affaire. L'espace d'un hiver, l'âge des petits cyclistes était passé et vous regardiez d'un œil distant, presque condescendant, votre frère cadet encourager son Thévenet de coureur sous le marronnier familial et scolaire. Il n'était qu'un enfant. Vous aviez déjà franchi le col de l'acné, avalé la descente à tombeau ouvert, levé le pied dans la plaine et cueilli quelques fleurs pour les offrir à la starlette locale qui vous embrasserait sur le podium. Adieu veaux, vaches et cochons de lait, adieu l'Aubisque, le Galibier et l'Alpe-d'Huez de vos culottes courtes, adieu le Tourmalet, le Puy-de-Dôme et le Ventoux du marronnier. Les filles étaient désormais de votre côté des collines de la vie, les petits cyclistes du sien.

L'année suivante, adolescent arc-bouté sur un vélo inadapté à l'exercice montagnard parce que beaucoup trop lourd, vous tenteriez « pour de vrai » l'escalade de quelques pics pyrénéens. Pour vous encourager, vous entonneriez une chanson à la mode qui dirait votre amour de l'époque et correspondrait assez bien à votre état pédalant du moment. *« Je suis planté ! »*, s'écriait d'une voix bêlante le chanteur à la chevelure frisée. *« Planté, planté ! »*, reprendriez-vous, avant d'affirmer avec lui : *« Et dans ce monde où tous les hommes se croient debout, je suis le seul à me vanter de me traîner à tes genoux. »* Des genoux écorchés de votre enfance à ceux des belles que vous aimeriez désormais, le pas serait accompli. Vous ne joueriez jamais plus aux petits cyclistes, fussent-ils de plomb.

Ch. R.

La douille d'obus de la guerre de 14-18

FICHE TECHNIQUE

Vase de fleurs, objet de décoration ou triste souvenir particulièrement mis en valeur par un mobilier Henri II, dans des «intérieurs» entre-deux-guerres ou années 50.

Hauteur : 45 centimètres. Circonférence : 10 centimètres.

Douille d'obus (projectile explosif de forme cylindro-ogivale) de canon de 75 de la Première Guerre mondiale. Culot en laiton (alliage cuivre et fer), corps en cuivre (métal de couleur brun orangé de densité 8,92, qui fond à 1083 °C).

L'obus de l'oncle Su

Mon grand-père paternel est rentré gazé de la guerre de 14-18, à laquelle il n'a survécu que peu de temps. Je ne l'ai donc pas connu, mais pendant mon enfance j'ai toujours vu dans le salon de ma grand-mère, à Pont-de-Beauvoisin en Savoie, deux douilles d'obus que j'imaginais ramassées dans une tranchée boueuse ou sur un glacis jonché de cadavres.

Tournés et repoussés par un artisan local, les corps cylindriques des deux douilles cuivrées étaient ornés de ce type de plantes qui fleurissent sur les casquettes et les képis. À la mort de ma grand-mère, ces moignons de projectiles devinrent la propriété de mes parents. Longtemps après la mort de mon père, lorsque ma mère partit en maison de retraite, ils furent enlevés avec une partie du mobilier par les compagnons d'Emmaüs.

En vérité, la charge émotionnelle que j'attache aux obus de la Grande Guerre n'est pas reliée à ceux du grand-père, mais à deux autres modèles, non ouvragés. Ces douilles austères reposaient sur un buffet appartenant à une sœur de mon grand-père, dont le mari échappa aux massacres de la « der des ders », sans doute par miracle. Il s'appelait Su Eul Jon, et s'était engagé dans l'armée française à Shanghai, allant grossir les troupes indigènes destinées à servir de chair à canon prioritaire. Le grand-oncle Su s'en revint donc de la boucherie et rencontra sa marraine de guerre, volontaire de la Croix-Rouge et corsetière dans le civil. Ils se plurent, ils s'épousèrent, on s'en étrangla en Dauphiné-Savoie, ils n'eurent pas d'enfant.

Toujours souriant, courtois, énigmatique, mon grand-oncle était cordonnier à Lyon, près de la préfecture. Sa boutique jouxtait celle de sa femme et ils pouvaient se rejoindre par une arrière-cour commune. Souvent, ils jouaient aux cartes avec mon père et une de mes tantes, ou bien les hommes jouaient aux boules, dans un de ces clos qui parsemaient alors Lyon de leurs cafés-terrasses avec terrains à l'ombre des marronniers, aux pieds desquels, sur une petite table, reposait un tableau de la Fanny, cachée par un cadre de bois fermé par un cadenas, que l'on ouvrait au son d'une clochette quand les perdants d'une partie sur un score nul devaient embrasser les fesses de la demoiselle peinte.

Les clos lyonnais ont disparu sous des flots de béton, le grand-oncle Su repose sous une dalle de marbre, dans le cimetière de Bouvesse-Quirieu, en Isère. L'enfant et l'adolescent que je fus ne montra jamais la moindre curiosité devant son parent exotique. Jamais je n'eus l'idée de lui demander comment c'était, là-bas ? Qu'y faisait-il ? Avait-il une famille au moment de son départ ? Jamais je n'éprouvai le désir de lui entendre parler sa langue, qu'il avait oubliée à la fin de sa vie.

Un soir de la fin des années 60, je le présentai à ma fiancée ; on se fiançait à l'époque. Il nous prépara une excellente soupe chinoise et le repas se déroula devant le buffet et ses douilles hiératiques, témoins d'une aventure dont jamais l'oncle Su n'avait soufflé mot. Le grand-oncle et sa femme moururent peu après. Je ne sais pas ce que sont devenus les obus. On ne pose jamais assez de questions.

J. C.

Le hamac en macramé des années 70

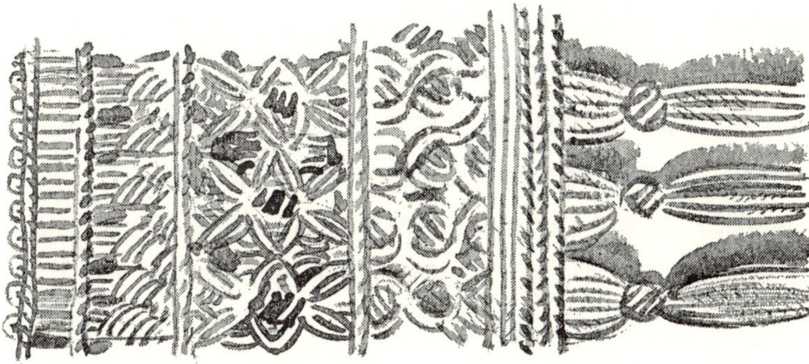

FICHE TECHNIQUE

Le macramé (d'un mot génois signifiant «nœud») est une dentelle assez lourde obtenue avec de la ficelle tressée et nouée à la main. Pour la fabrication d'un hamac, compter 420 mètres de fil fort de 2 millimètres d'épaisseur... et environ 72 heures de travail (pour bien nouer les nœuds !).

La coquetterie pourra consister à adjoindre une perle de couleur à l'intersection des croisillons principaux. On trouvera une belle description de la réalisation d'un tel ouvrage dans Tricot sélection, *numéro spécial macramé de janvier 1967.*

Qu'étais-je allé faire dans cette galère ?

J'avais seize ans en 1969, alors que déferlait sur la vieille Europe un vent frais porteur de chansons contestataires, de joints roulés et d'amour libre... J'en garde un souvenir attendri et ému. Ceux qui étaient adolescents à cette période me comprendront. L'époque elle-même était en son adolescence, avec ses folies et ses exubérances. Le sexe qui travaillait nos jeunes têtes s'étalait un peu partout, revendiqué comme un baume pour tous les maux. Et les vieilles de vingt-cinq, trente ans nous faisaient les yeux doux, se disputant presque la tâche de nous initier.

C'est ainsi que je me retrouvai un après-midi d'été à écouter *Set the Control Fort the Heart of the Sun* des Pink Floyd sur un canapé à moitié détruit, encombré de chats et de vieux jeans abandonnés. Mon hôtesse, qui avait bien trente ans et possédait derrière elle un solide cursus sur divers campus universitaires, était aux petits soins avec moi, même si elle m'inquiétait un peu en me répétant toutes les trois minutes que ça allait bien se passer, que ce serait super cool, etc. J'avais pas mal fumé, bu le fond infâme d'une bouteille de curaçao bleu qui traînait dans un coin et j'étais ma foi pas mal excité par les minauderies qu'elle me prodiguait avec une expérience réellement universitaire. Divers attouchements nous avaient effeuillés et nous en étions au moment où la dure partie mâle trouve sans difficulté son antre doux, lorsqu'elle me prit subitement la tête à deux mains et s'écria :

— J'ai une idée ; on va LE faire dans le hamac. Ce sera génial !

Pas vraiment enthousiaste (et la suite me donna raison), je rétorquai hypocritement d'une voix atone :

— Ah oui, super, ça va être very great !

Et je la suivis, mollement nu, dans la cuisine. Car c'est là qu'elle avait installé son hamac, afin de clamer à la face du monde qu'une femme émancipée n'avait rien à foutre des casseroles et des marmites...

Je dois dire qu'il était superbe. Elle l'avait confectionné elle-même lors d'un stage de tissage en Ardèche avec d'authentiques tisserandes indiennes, tout spécialement venues des réserves navajos pour partager en sœurs leurs connaissances ancestrales. Il y avait, paraît-il, caché dans la trame, un motif chamanique qui permettait de chasser les mauvaises vibrations de la maison. Et il était bien sûr orienté nord-sud comme le recommandent impérativement tous les traités telluriques.

Elle posa ses fesses un rien volumineuses sur les lacets de corde et je vérifiai d'un œil inquiet l'amarrage des extrémités sur les murs en placo. Ça avait l'air solide. Elle s'allongea telle une odalisque et m'invita à monter. Ma nudité et les mailles du filet me firent redoubler de précaution. Je pris appui sur une chaise et grimpai pataudement sur le filet qui se mit à grincer et balancer. La marge de manœuvre était étroite. Nous étions nus à un mètre du sol et les mailles menaçaient mes appendices de leurs losanges en ciseaux. Qu'étais-je allé faire dans cette galère ?

M. P.

L'éphéméride

FICHE TECHNIQUE

Nombre de feuillets (hors couverture) : 365 (366 certaines années, se renseigner auprès du revendeur).

Périodicité : annuelle, comme son cousin l'almanach Vermot.

Humour : populaire et français, comme son cousin précité.

Date de mise en vente : décembre de chaque année (sauf exception).

Couleurs autorisées : le noir pour le texte, le rouge pour les chiffres.

Dimensions : standard (se renseigner également auprès du revendeur).

Utilité : réduite.

Les blagues pour les grands

— C'est à moi !

— Non, à moi !

Comme chaque matin, la bagarre fait rage : lequel des trois enfants de la tribu familiale ôtera la page calendrier de la veille et découvrira le premier la blague du jour ? Tous attendent avec impatience le trait d'humour dessiné en noir sous l'énorme date en chiffres rouges. La chicorée au lait toute chaude et son cortège de tartines grillées ont moins d'importance que ce rituel du calendrier mural.

Couchés sur la cartonnette vernie qui supporte l'énorme ventre des mois à venir, trois chatons espiègles, à moins que ce ne soient trois chiots ravissants, paraissent regarder la scène tumultueuse d'un air goguenard.

Finalement, c'est la mère qui, d'un mouvement solennel, arrache le feuillet de papier fin. Disparu, le parachutiste effrayé à deux doigts de s'étaler sur un buisson de cactus ! Le jour passé s'évanouit tout chiffonné à la poubelle et laisse place au saint quotidien, à sa maxime et à sa blague dessinée. Trois petites paires d'yeux se précipitent alors sur l'illustration du jour et… c'est la consternation générale.

— Maman, je ne comprends pas !

Passant par là, le père esquisse un sourire. Visiblement, la réplique de la pin-up en minijupe lui est accessible…

Pendant le petit déjeuner, le benjamin de la fratrie s'éclipse vers la poubelle. Il veut retrouver le feuillet de la veille, celui marqué du chiffre «1», le seul qu'il reconnaisse. Il en a déjà collecté trois depuis le début de l'année. La fille toute nue cachée dans l'armoire, c'était quand Alain avait la rubéole. Le chat coincé dans l'aspirateur, c'était avant l'anniversaire de Mantine. Quant au monsieur qui sortait en maillot de bain de l'hôtel des impôts – bien qu'il n'ait rien compris – Bibi s'en souvient, car c'est lui que papa avait hissé dans ses bras pour l'enlever du mur.

Une fois son trésor récupéré, taché de marc de café, le petit dernier se sauve doucement vers sa chambre. Là, il étale consciencieusement tous les feuillets dans l'ordre chronologique et sourit gravement. Si l'horloge du temps s'arrêtait sur des couleurs, elle resterait bloquée sur le rouge massif de ce « 1 » surplombant un obscur dessin en noir et blanc. Si ce bambin offrait son sentiment aux murs, ceux-ci l'entendraient murmurer : « Encore beaucoup de “1” et je serai grand, encore beaucoup de “1” et je comprendrai ce qui fait rire les grands... »

— Papa, ça veut dire quoi ?

— C’est une blague pour les grands…

— C’est pas juste ! Avant-hier non plus, je n’ai rien compris !

— C’est la vie, répond le père en haussant les épaules cependant que Bibi-le-petit regagne sa place.

Au mur, l’éphéméride semble déjà attendre le lendemain matin qu’une main autorisée l’effeuille à nouveau.

« C’est la vie » sera peut-être la prochaine maxime du jour…

L. M.

L'étui à lunettes

FICHE TECHNIQUE
Boîte métallique aux formes oblongues, qui épousent le contour des lunettes et permettent sans mal de les ranger dans une poche.
Couleur sombre, triste, dans la gamme palpitante qui va du mauve au marron foncé, égayée (?) par un effet de relief genre carapace de tortue vue d'avion. Un onglet métallique renforcé pour l'ouverture. À l'intérieur, un petit chiffon pour essuyer les verres.

Un petit clic

C'est le bruit qui compte. Le bruit de l'ouverture, un peu sourd, mais qui n'en pèse pas moins son poids de sentence virtuelle, et signifie :

— Je vais examiner ça de près.

Quelle que soit l'opération entreprise, déchiffrage de facture, lecture du journal, raccommodage, broderie, prise de connaissance du carnet scolaire, le silence qui suit a quelque chose de solennel. Quelqu'un, les yeux usés mais le geste et le jugement sûrs, va faire, ou va juger, dans le silence tiède et le sérieux. C'est plus fort que des mots, ce claquement discret qui scelle irrémédiablement le droit d'aînesse – mais on devine presque un « Voyons voir un peu ! » des plus intimidants.

Plus tard, la fermeture de l'étui sonnera plus mate, et plus définitive encore. Mais un geste de lassitude lui succédera, le pouce et l'index massant les ailes du nez. Alors, on se dira que ce n'était pas un étui de sévérité, mais une boîte à être vieux, dans la lenteur, la dignité, presque la solitude. On se risquera à la saisir, à promener le doigt sur les petits granules crocodile, l'étonnante douceur oblongue du carénage. On ne sera même pas grondé, ou alors seulement si on l'ouvre trop souvent – avec le pouce, comme grand-mère, on n'y arrive pas, il faut mettre l'index, et toute la main crispée en dessous.

— Tu vas finir par abîmer la charnière ! Pose l'étui sur la cheminée.

On a toujours un peu de mal à replacer au fond de la boîte le petit rectangle dentelé de tissu doux qui sert à essuyer les verres. Et puis, on obéit. Ça racle un peu contre le marbre, ça sonne toujours creux.

Aujourd'hui, les étuis à lunettes ne font plus de bruit. Alors, on garde au fond de soi une grand-mère au regard indulgent-sévère, et ce tout petit clac de l'étui refermé :

— Allons, cette soupe ne va pas cuire toute seule !

Ph. D.

Les bonbons à la menthe

FICHE TECHNIQUE

Bonbon à la menthe : friandise détestable placée dans un papier transparent et bruyant au dépliage. Dimensions indifférentes. Aspect verdâtre, translucide, composé de sucre et d'extraits de feuilles aromatiques riches en menthol (alcool secondaire).

Allô, maman, bonbons !

Longtemps, je n'ai pas aimé les gâteaux. J'ai changé d'avis depuis, mais si j'ai détesté les bonbons de bonne heure, et d'une façon générale toutes les sucreries du genre, je les exècre toujours. En cherchant bien, je peux cependant me souvenir avec sympathie d'un chewing-gum large, plat et poudré de sucre, au parfum douteux, à la couleur fluorescente, que j'achetais près de l'église de la Rédemption à Lyon, pour y trouver des vignettes de joueurs de football dont je faisais collection. C'était l'époque où je parcourais le parc de la Tête d'Or, le nez au ras du sol comme un lévrier afghan en quête d'intelligence, pour y dénicher des chèques Tintin à découper dans les emballages de douceurs variées (barres de chocolat, pain d'épice fourré à l'abricot, biscuits dentelés à angles ronds ou aigus...), abandonnés sur le sol par des enfants ignorants et mal élevés. Peut-être puis-je encore évoquer sans répugnance les sorties de l'école primaire de la rue Tronchet, quand, à l'instar des copains, j'aspirais dans un sac en papier, au moyen d'un tube en plastique, une poudre jaune qui, après m'avoir plaqué dans la gorge un goût d'orangeade éventée, se ventilait dans mes petits poumons en me communiquant une arrière-sensation d'étouffement.

J'ai encore le vague souvenir d'une stupide boîte en fer qui contenait une cochonnerie à base de noix de coco que l'on suçait avec application, ou bien des ronds de réglisse avec une boule rouge ou bleue au milieu. Je veux bien me rappeler enfin sans trop de déplaisir les cachous secoués dans une boîte métallique jaune, puis répandus dans la paume de la main, distribués à la ronde et avalés la tête en arrière, comme un médicament. Je consens finalement à avouer mon plaisir à déplier les emballages multicolores et glacés des papillotes – aujourd'hui connues en dehors de Lyon – pour en extraire le papier à devinette débile tracée à l'encre bleue, et libérer le pétard fait de deux petites bandes de carton couvertes de poudre que je frottais pour produire une flamme minuscule et une explosion sèche, fermant les yeux de peur et de bonheur, indifférent à la gognandise (friandise en lyonnais) subsistante : pâte de fruits gélatineuse ou chocolat fourré à toutes sortes de crèmes bas de gamme, que je faisais discrètement disparaître dans mes poches… Bon, on ne va pas s'arrêter là-dessus !

Qu'on se le dise et le redise, j'ai détesté les bonbons de bonne heure et je n'ai jamais changé d'avis à ce sujet. Et le pire de tous, c'est le bonbon à la menthe, la petite boule verdâtre qui vous poisse les doigts, après que vous l'avez extirpée d'un paquet translucide dans un bruit agaçant de papier froissé.

Du début du primaire à la cinquième, durant les vacances, j'affrontais dans l'autocar Philibert, entre Lyon et Pont-de-Beauvoisin, soixante-dix kilomètres de cauchemar pour aller chez ma grand-mère paternelle, qui avait le bon goût de me gaver de pâtés en croûte ou de gâteaux de foie de volaille avec un coulis de tomate. Des nourritures salées autrement plus subtiles que les roudoudouceurs sucrées des sorties de l'école.

Dans ce temps-là, les voyages en automobile et en autocar me chaviraient le cœur. Tout y concourait, le rythme des arrêts et départs, les courbes traîtresses des virages, l'odeur du cuir et les relents de gas-oil ou d'essence.

Au long de chaque parcours, ou presque, je luttais avec courage contre des vagues de nausée, que je parvenais le plus souvent tant bien que mal à maîtriser dans le silence. Un jour, sur le chemin du retour à Lyon, près de Bourgoin, une vieille dame compatissante – avisant mon visage pâle couvert de sueur, mes dents serrées, mon corps recroquevillé sur sa douleur pour contenir la montée du mal – une vieille dame compatissante donc, déplia un bonbon à la menthe et me le tendit. Le sirupeux arôme mentholé vint se mêler à l'effroyable senteur du car, libérant mon estomac de ses ultimes hésitations, ouvrant ma bouche sur un jaillissement libérateur, dans la honte et la puanteur.

Saletés de bonbons à la menthe.

J. C.

Les bigoudis

FICHE TECHNIQUE

Petit rouleau en plastique servant à enrouler les mèches de cheveux pour les friser ou les onduler.

Le bigoudi appartient à une époque où les femmes se faisaient des « mises en plis », portaient des bas, des tailleurs, se mettaient de la poudre de riz sur les joues et le nez, tricotaient, dansaient le cha-cha-cha, écoutaient les Platters et partaient en vacances avec leur famille à la Baule...

Les bigoudis se rangeaient dans l'armoire de la salle de bains, au rayon des brosses et des peignes.

Ils étaient utilisés à une fréquence de deux fois par mois, souvent le dimanche.

Le bigoudi n'est absolument pas un objet sexy et devient même terriblement vulgaire quand la femme qui s'en est coiffée déambule en robe de chambre, en savates, avec une cigarette au coin des lèvres...

Être belle le dimanche

Une cour de maison inondée de soleil. Quatre cousines se préparent pour le rituel du samedi. Il commence tôt le matin. La plus jeune des quatre filles doit se laver les cheveux en premier. L'opération faite, elle vient s'asseoir en plein milieu de la cour. Entre ses genoux, dans le creux de sa jupe, on dépose les bigoudis avec leurs picots.

C'est l'aînée qui officie. Un travail délicat qui demande attention et précision. Peigne en main, on prépare une petite mèche de cheveu que l'on tire bien droite. On l'enroule très serrée autour du bigoudi. Puis on la fixe grâce au picot pointu en évitant surtout de blesser le crâne. Ce qui n'arrive que rarement... Mais il y a parfois des gestes moins sûrs, de toutes petites erreurs, de minuscules défaillances. Pour la victime, c'est alors une grimace avec un cri impossible à retenir entre ses dents serrées.

L'aînée a beau connaître son affaire, chaque mèche saisie, roulée, piquée, nécessite une prise de risque. Et la plus jeune participe à son supplice en tendant elle-même les bigoudis, les uns après les autres... Un bigoudi. Un picot. Un bigoudi... Un picot... Vingt fois, trente fois ! Jusqu'au moment où elle a la tête en hérisson. Alors, à ce moment, seulement maintenant, la gamine est libre. Elle se lève pour laisser sa place à une aînée et gagner le banc où elle s'offre au soleil. C'est la période paisible et indolente du séchage. La récompense pour la première initiée. Un long temps à faire passer en rêvassant ou en lisant. Ou en regardant se poursuivre le rituel, indéfiniment renouvelé. S'asseoir sur le tabouret au cœur du carré de soleil, accepter les rouleaux de plastique de couleurs différentes dans le creux de sa jupe, se tenir droite, tendre sa nuque et passer les bigoudis par derrière son épaule. Craindre la pointe du picot. Redouter que la mèche soit attrapée trop fortement en tirant le cuir chevelu...

Longue, trop longue matinée aux odeurs de shampooing. Inlassable gestuelle mécanique. Un samedi de soleil écrasant qui vous cuit la tête. Et le sourire bêta du jeune voisin qui espionne les quatre cousines de la fenêtre de sa chambre. L'impression d'être ridicules à ses yeux. Cette sensation de petite honte mais de fierté aussi. Car l'on devient femme sous les bigoudis. C'est un passage sacré qui conduit à l'élégance, à la beauté.

La cour est un temple où quatre vestales, obstinées et méthodiques, répètent indéfiniment des mouvements qui n'appartiennent qu'au monde des femmes.

Lui, le jeune voisin qui sourit avec les joues un peu rouges, il sera à la messe, demain dimanche. Il regardera passer les quatre cousines. Il remarquera leur chevelure, flottant en vagues souples, accrochant la lumière et laissant dans l'air un subtil parfum qu'il ne pourra oublier de la journée.

Toutes les quatre, elles connaissent le prix du charme. Elles savent le tribut qu'il leur faut verser pour se glisser dans l'univers intime de leurs mères ou de leurs tantes.

La plus jeune, sur son banc, rêve déjà à demain. Puis après... Elle aura vingt ans, un jour. Vingt ans picotés à sa tête, du soleil plein les cheveux et une éternité d'étés à vivre, sourire aux lèvres.

A. C.

Le « Bic » quatre couleurs

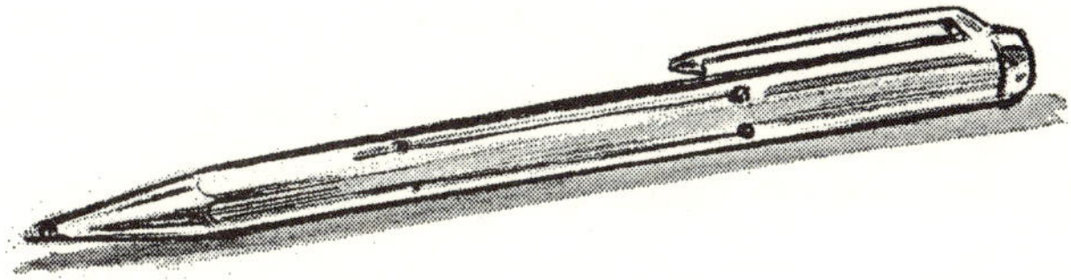

FICHE TECHNIQUE
Stylo à bille plaqué argent sur toute la longueur de ses 13,5 centimètres. Doté à son extrémité supérieure d'un diamètre d'à peine 8 millimètres et d'une pince spéciale pour poche de blouse de maître d'une hauteur de 4 centimètres.
Possédant en son milieu, tout autour de lui-même, quatre boutons-poussoirs aux quatre couleurs indispensables (dans l'ordre et en tournant le stylo dans le sens des aiguilles d'une montre : noir, vert, rouge, bleu) permettant de pousser vers l'extérieur au sein de rainures appropriées la cartouche correspondant à la couleur de son choix.
Fabriqué par la marque Waterman, mais curieusement dénommé « Bic ».
Cartouches vendues séparément et s'enfonçant de l'extérieur par l'orifice d'écriture situé à la pointe, soit à son extrémité inférieure.

L’avènement de l’horreur moderne

En ce temps-là, « M’sieu » – votre maître d’école – trônait sur l’estrade de cette classe unique du haut de sa longue blouse grise qui, si elle le protégeait officiellement des poussières de craie, lui assurait surtout le prestige d’un uniforme exclusivement scolaire. De telles avanies crayeuses vous demeuraient étrangères, votre prestance vestimentaire se réduisant toute l’année durant à un short spartiate dévoilant de solides cuisses rougies par le vent glacé de l’hiver ou les premiers rayons d’un soleil printanier.

En ce temps-là, vous écriviez encore à la plume et à l’encre violette. À intervalles réguliers, vous trempiez votre porte-plume en bois rouge dans l’orifice réservé à cet effet sur le bord droit de votre pupitre d’écolier. Quiconque a déjà entendu entre ses doigts la plume crisser sur le papier ne confondra jamais ce son avec nul autre. Qu’il vous fît frissonner jadis d’une chair de poule incontrôlée ou qu’il vous tire aujourd’hui des larmes de nostalgie, ce léger déchirement de la surface garde une magie qu’aucun autre mode d’écriture ne peut égaler, même si parfois, au gré d’une force mal maîtrisée ou par la mésaventure d'un pâté, vous en transperciez la page de votre cahier de brouillon.

En ce temps-là, pourtant, c'est au stylo à bille – intrusion de la modernité dans un décor de IIIe République – que s'effectuait la correction de vos dictées, compositions et autres épreuves de calcul. Un « Bic » quatre couleurs servait de juge de paix impitoyable à « M'sieu », maître d'école de son état social, traçant un « B » majuscule pour « Bien », accolant les deux lettres « m » et « d » pour « mal dit », rajoutant et soulignant un « s » pour l'oubli d'un accord de participe passé. Toutes ces annotations énergiquement griffonnées dans la marge de votre cahier d'exercices ou sur vos copies de compo portaient ainsi la marque du Maître, la trace du « Bic » quatre couleurs, dont deux seulement – le rouge et le vert – collaboraient indifféremment à la justice scolaire.

En ce temps-là, le « Bic » quatre couleurs, enrobé de son superbe argent, représentait le pouvoir suprême mesuré à votre porte-plume de misère déjà mâchouillé à sa tête par une précédente génération d'écoliers. Le sceptre de l'instituteur des années 60. La majesté de « M'sieu ». Votre maître à l'école, votre père dans le civil.

Quelques années plus tard, vous vous souvenez avoir découvert entre les mains de collégiens habiles à les faire cliqueter sans cesse des stylos à bille quatre couleurs… en plastique ! Leur couronne d'un blanc royal coiffant un embout bleu républicain contrastait piteusement avec la pauvre matière dont ils étaient constitués. Leur manquait surtout le rouge révolutionnaire pour que vous puissiez les considérer comme un prolongement démocratique, laïque et obligatoire du seul « Bic » quatre couleurs dont vous ayez jamais accepté la sentence. Vous en avez ressenti alors comme un frisson dans le dos devant l'avènement de l'horreur moderne…

Aujourd'hui, vous ignorez quels sont les sceptres sévissant dans les classes, votre père a pris sa retraite de maître d'école et vous ne l'appelez plus « M'sieu ».

Aujourd'hui, vous ne savez plus écrire qu'à l'ordinateur…

Ch. R.

Les charentaises

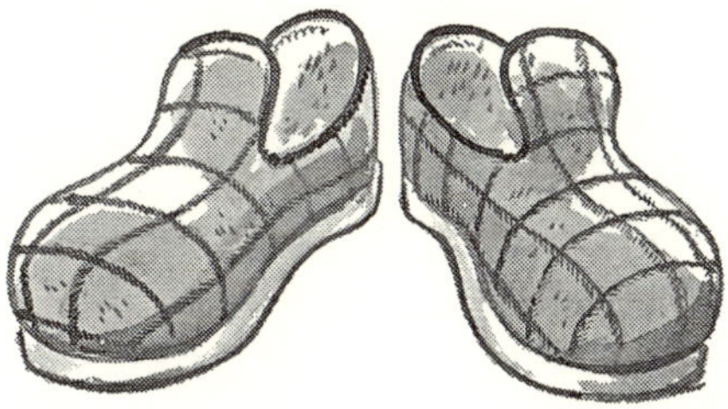

« Le porteur de charentaises est le plus souvent un être doux et de bon tempérament. Il affectionne le repos, la bonne chère et les alcools n'excédant pas 40 %. Une enquête portant sur plus de 1 000 individus a par ailleurs prouvé qu'il n'y avait jamais eu de meurtriers ou de condamnés pour violence chez les porteurs de charentaises. On raconte à ce propos que le célèbre enquêteur de la Criminelle Gaston Ganimard se rendait toujours dans la chambre d'un suspect pour renifler ses pantoufles. La façon dont elles étaient portées («bien chaussées ou « en grolles » ce qui signifie talons écrasés), mais aussi l'odeur de fermentation plus ou moins âcre lui étaient, paraît-il, d'une grande utilité dans son diagnostic policier. »

Serge Graule

FICHE TECHNIQUE

La vraie charentaise, dont on trouvera la référence autorisée dans le catalogue Manufrance des années 50 à 60, a une épaisseur normalisée de semelle de 0,9 centimètre. Son dessus est garni d'élégants motifs géométriques dans des coloris allant du gris souris au vert bouteille, en passant par un élégant « bordeaux et noir » qui conviendra parfaitement au repos du notaire. Son intérieur est généreusement garni d'une abondante couche de laine. À l'état neuf, on a l'impression de plonger ses orteils dans un duvet d'oiseau. Mais à l'usage, la laine se tassera pour épouser la forme même du pied, au point qu'un durillon ou un coriace œil-de-perdrix y trouveront leur douillette place protectrice.

Attention ! Il ne faut jamais laver ses charentaises, de crainte d'en abîmer le profilé.

Souvenirs, souvenirs

Après le repas dominical, mon père respectait un rituel immuable. Pendant que ma mère faisait la vaisselle qui lui échoyait de droit, il se servait un petit verre de cognac, allait s'asseoir dans le grand fauteuil du salon et ôtait ses lunettes qu'il posait sur l'accoudoir.

Il délaçait alors ses chaussures et appelait le premier de ses fils passant dans son champ de vision pour lui demander d'apporter ses pantoufles.

J'étais souvent dévolu à cette noble tâche.

Sans attendre, je courais dans sa chambre et m'emparais de deux énormes charentaises bien rangées au fond de la table de nuit.

Et religieusement, je traversais la maison, ivre de leurs effluves musqués, pour aller les lui passer aux pieds.

Il bredouillait un merci, ses paupières se fermaient... Il se raclait plusieurs fois la gorge en une toux sèche, puis chaussé de ses pantoufles magiques, il partait au pays de ses rêves alcoolisés.

HYMNE AUX CHARENTAISES
EN VERS DE HUIT PIEDS

Ô délicieuses charentaises
Glissées aux pieds comme un chausson
Grâce à vous je me sens si aise
Que j'en veux faire une chanson

Quand de retour je me délace
Après un dur jour de labeur
Votre nid douillet me délasse
Et sait éponger ma sueur

Votre fourrure me caresse
Et fait un baume à mes orteils
Loin des chaussures qui m'oppressent
Ô charentaises sans pareil !

Mieux qu'une experte pédicure
Ou qu'une masseuse appointée
Votre chaleureuse fourrure
Vient soulager mes cors aux pieds

Ô charentaises, mes pantoufles
Honneur du grand génie français
Je veux jusqu'à mon dernier souffle
Chanter l'amour de mes deux pieds...

VICTOR HUGO

(œuvre de jeunesse)

M. P.

Le balai O'cédar

FICHE TECHNIQUE
Ustensile employé pour le ménage sur des planchers et sols lisses, composé d'un long manche en bois auquel est fixée une pelote plate faite de nombreux brins de coton. En usage encore de nos jours, bien que délaissé le plus souvent au profit de l'aspirateur. Peu bruyant, non polluant, facile d'emploi, il mériterait un regain d'intérêt.
Après usage, on devait secouer le balai à une fenêtre. Une opération délicate souvent contrariée par le vent qui rabattait alors les poussières dans la pièce qui venait d'être nettoyée, nécessitant un second passage du balai. Notons que les brins de coton attiraient les moutons de poussière grâce à un phénomène d'électricité statique. Ce qui rendait encore plus efficace cet instrument rudimentaire.

Compte-rendu de mission

Lundi, 10 heures.

Je suis parqué dans l'ombre. Noire. J'attends. Je sais que l'on va ouvrir la porte et que ce sera alors le début de ma mission. Normal. Mission du lundi. Toutes les semaines. Je suis prêt. Je connais mon job. On m'a programmé pour être opérationnel et infaillible. Je suis le résultat d'une technique avancée. Le résultat de milliers d'heures de travail d'ingénieurs, de techniciens, d'artisans...

En véritable professionnel, je n'éprouve aucun sentiment qui pourrait me distraire et me déconcentrer. On attend de moi que je sois le plus performant possible. Ce sera le cas ce lundi. Comme tous les lundis.

La porte s'ouvre. Lumière. Mon pilote est toujours une femme. La même à chaque mission. Elle est une véritable experte et je me sens à l'aise entre ses mains. Des pilotes qui savent tenir le manche comme elle, c'est très rare. Je suis honoré que ce soit elle qui me « drive »...

OK, je photographie immédiatement le théâtre des opérations. L'habitude. Vingt-sept mètres carrés de living. Tapis roulés. Surface dégagée. Impeccable pour progresser sous les chaises et la table. Peut-être une petite difficulté sous le buffet en merisier. Il faut y aller en douceur. Pas le droit de rayer le bois. Navigation tout en finesse. Je réponds à la moindre pression de la main de mon pilote. Au plus léger à-coup.

Longer les plinthes est un jeu d'enfant. Je connais le terrain par cœur pour l'avoir parcouru mille fois. Je me paye même le luxe de valser. Et ce ne sont pas ces minuscules acariens galopant sur leurs moutons de poussière qui vont m'impressionner ! J'en ai attrapé bien d'autres (et des plus effrayants) ainsi que des araignées, des mouches mortes, des papillons éphémères... La routine.

Nouveau site. Objectif : la chambre d'enfant. J'explore sous le lit. Découverte surprise : un yo-yo oublié. Je le rapporte.

Je glisse en douceur le long du coffre à jouets. Je suis au maximum de ma capacité et je me doute que mon pilote va me faire décoller pour aller rejeter mes impuretés dans la cour. C'est le moment qui me grise le plus. Je suis littéralement soulevé et emporté vers la fenêtre ouverte en grand. À dix mètres du sol, suspendu dans le vide je tourne et retourne sur moi-même pour me décharger de toutes mes impuretés. C'est la vidange. Sans elle je ne pourrais pas repartir en mission. Mais mon pilote connaît son métier.

Il me faut avouer que deux heures plus tard, après avoir défriché une centaine de mètres carrés de parquet et de carrelage, repassant souvent plus de deux fois sur le même terrain, eh bien, j'éprouve une certaine fatigue. C'est compréhensible ; je commence à vieillir.

De retour à ma base. Porte refermée. Noir. Silence. Mission accomplie.

À lundi prochain.

A. C.

Les cartes de Noël

FICHE TECHNIQUE
Petit quadrilatère cartonné qui représente le plus souvent un village enneigé, enluminé parfois de poudre scintillante et qui proclame « Joyeux Noël » et « Bonne Année » jusqu'au 31 janvier.

Joyeux Noël !

Il neige toujours sur les cartes de Noël, à petits flocons serrés, une neige que la flamme des bougies ne fait pas fondre, une neige de sucre, de plume et de coton. Il neige des paillettes argentées sur des hameaux, des sapins, des clochers. Un pont sur un ruisseau, une barrière ouverte, une fenêtre découpée dans le papier nous invitent à entrer...

Les enfants ont des bonnets de lutins et les lutins des rires d'enfants. Ils patinent sur des lacs gelés, sous des ciels d'oies sauvages... On est au nord, au nord de tout, en Angleterre ou en Hollande, quelque part au pays de Nils Holgerson ou de Till Eulenspiegel. On est hier, on ne sait pas trop quand mais avant ; oui, c'est avant...

Il fait sombre mais on ne voit que les lumières, une lanterne au pied d'un sapin, un quinquet de traîneau pour éclairer l'hiver et des bougies posées sur la neige au milieu du gui et du houx.

Et puis ces lueurs si désirables aux fenêtres du voisin, ces lueurs derrière les carreaux qui sentent le rôti, le miel et le vin chaud...

Dans le silence mauve et blanc des nuits – il n'y a pas de bruits dans les cartes de Noël, juste un grelot de harnais, un cantique au loin, le crissement d'un pas dans la neige – une lumière flamboie sous les ogives des églises. C'est minuit. Le temps ne passe plus, ou bien si lentement.

C'est un Noël idéal, un Noël rond comme une boule de verre sous sa petite couronne d'argent, à suspendre à son rêve ; un Noël parfait qui neige sa poésie naïve sur nos vies où la pluie a laissé ses flaques ordinaires.

Et pour un instant, on voudrait encore croire à ce scintillement rêche qui abandonne ses paillettes d'argent au bout de nos doigts, à cette poussière enchantée qui miroite au bord des toits, encore croire... juste une fois.

M. D.

Les tongs

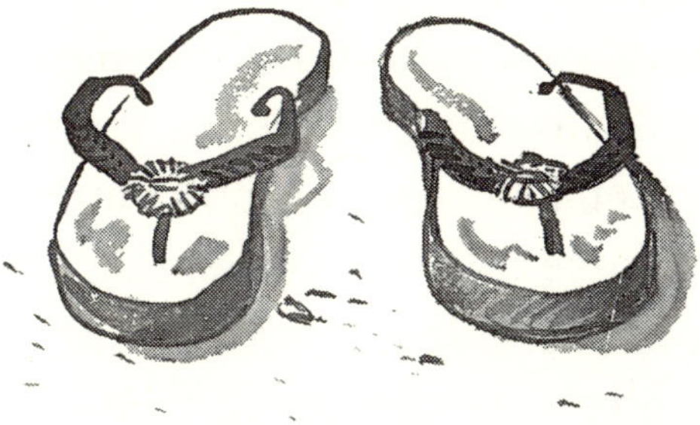

FICHE TECHNIQUE

Éléments constitutifs : semelle épaisse bicolore à particularité dérapante, courroie aiguisée et fleur géante imputrescible.

Fonctionnement idéal : par paire.

Sexe : féminin.

Signe de reconnaissance des tonguistes : orteils et voûtes plantaires noircis par la sueur et la poussière. Dessus du pied dévoilant dans un joli rouge l'irritation des traces de pétales acérés.

Incompatibilité notoire : système chaussettes (PC et Mac – y compris la dernière version).

La *Chan-son* de la bande des Slavoka

Bruay-en-Artois. Été 1973. Le « trois » était mon quartier, celui des Polonais, un ensemble de corons joyeux logeant des cohortes d'immigrés blonds aux joues rouges. Dans ma petite ville, comme dans tout le bassin minier, chaque zone d'habitation portait alors le numéro de la fosse dont elle dépendait. Souvenir tenace d'années laborieuses déjà révolues. Être du « trois » et non du « centre » (entendre par là « centre-ville »), c'était revendiquer des grands-parents mineurs, le charme slave et le bilinguisme familial. Pour moi qui n'était pas polonaise, c'était surtout afficher mon appartenance à une bande, couleur locale : les « Slavoka » et leur Ticia de chef.

Patricia avait quatorze ans. Fille de médecin, elle était riche, belle, généreuse et gracieuse. D'un séjour avec son père à La Bourboule, résidence thérapeutique, auvergnate et estivale pour mineurs du Nord, elle avait rapporté ces incroyables chaussures qui allaient clore notre enfance. Une drôle de paire de claques, à semelle épaisse verte et blanche, surmontée d'une fantastique marguerite en plastique. Depuis son retour de vacances, elle ne les quittait plus et les arborait fièrement à chacune de nos répétitions. Il fallait la voir danser lorsque nous chantions « *Ça s'en va et ça revient, c'est fait de tout petits riens* » rythmé par le clataclac musical de ses tongs. Il faisait horriblement chaud, et nous, pauvres clodettes en espadrilles sautillant sur le trottoir des Matuzack, nous crevions d'envie de pouvoir imiter notre diva.

Nous habitions le « trois », mais nous étions six, six adolescentes à la peau claire et à la voix haut perchée, six arlequins aux vêtements dépareillés, dont cinq en attente de tongs à semelles bicolores. Devant des murs sempiternellement reblanchis à la chaux qui nous renvoyaient des ombres alertes et gaies, les femmes du quartier – tout en passant leur temps à effacer, même à l'extérieur, la plus infime trace de charbon – servaient de public permanent à notre « *Chan-son po-pu-laire* ». Notre scène exhalait des odeurs de lessive et de pâtisseries aux graines de pavot. Nous alternions fous rires et rêves de célébrité.

Une bande, même celle des Slavoka, c'est de l'amour à l'état pur. Or, « *l'amour, c'est comme un refrain, ça vous glisse entre les mains* » sans que vous y compreniez goutte. Un jour, donc, Sonia, notre aînée, en exhibant avec arrogance les tongs bicolores (mais sans fleur !) qu'elle s'était achetées à Berck-Plage, fut à l'origine de notre dernière représentation. Par un malheureux concours de circonstances, Ticia déballa ce même jour un paquet volumineux, dont nous avions toutes hystériquement déchiré le papier rouge fête. Cinq paires de chaussures en étaient tombées, faisant fleurir sur le bitume dix marguerites en plastique blanc et jaune. Sonia avait blêmi. Elle avait dédaigné le cadeau de Ticia et conservé ses propres tongs, malgré l'absence de fleurs.

Avec des tongs comme accessoire visuel et sonore, notre *Chan-son* pouvait renaître. Jamais certaines paroles ne nous avaient paru plus vraies, plus authentiques : « *Ça vous fait un cœur tout neuf, ça vous accroche des ailes blanches dans le dos...* » Avançant groupés derrière Ticia la virevoltante, nos dix petits pieds blancs ragaillardis tentaient donc de s'élever d'un goudron où des semelles têtues les maintenaient cloués. Bras et jambes mimant les danseuses de notre idole blonde, cherchaient en vain à résoudre l'équation du rythme et de l'équilibre. Ticia l'aérienne nous regardait en riant à gorge déployée. Un mois de pratique de la danse avec tongs ne se rattrapait pas comme ça !

Jouant de malchance, Sonia était la moins alerte de nous toutes. Elle ne trouvait pas ce fameux coup de mollet qui contraignait la chaussure à suivre le mouvement du pied au décollage. À chaque pas, la lanière centrale des tongs lui irritait le creux du gros orteil.

— Ne te plains pas, avait dit Ticia, bienveillante. Toi, au moins, les pétales de la marguerite ne te grattent pas la peau !

Sonia n'avait pas répondu, s'était contentée de grommeler. L'orage grondait plus fort que la *Chanson…*

Aujourd'hui encore, je pense que Sonia l'a fait exprès. Je la revois dansant juste derrière notre as des claquettes musicales. Elle s'approcha si près de Ticia que son pied se posa sur l'arrière de la semelle en caoutchouc, la retenant au sol. Patatras ! Ticia se retrouva face contre terre. À l'endroit où la courroie séparait le gros orteil de ses congénères, juste sous la marguerite, sa peau fragile rougissait sous la douleur. Mais ce n'était qu'un moindre mal. Quand elle voulut se relever, sa jambe vacilla, elle se tenait la cheville.

— Foulure, diagnostiqua M. Matuzack accouru à nos cris.

Été 1974. Ticia a déménagé. Demain, j'entre dans la bande de Michel. Tenue réglementaire : jeans, tee-shirt et tennis. Activités : bagarres, vélo et cigarettes. Sous mon lit, j'ai rangé ma paire de tongs de l'été précédent. Je m'en sers parfois comme pantoufles. Ticia m'envoie des lettres au dos desquelles elle dessine une grosse marguerite. Et Cloclo chante à la radio : « *On s'était plu à y croire, mais c'est déjà une vieille histoire, la vie…* »

L. M.

Les osselets

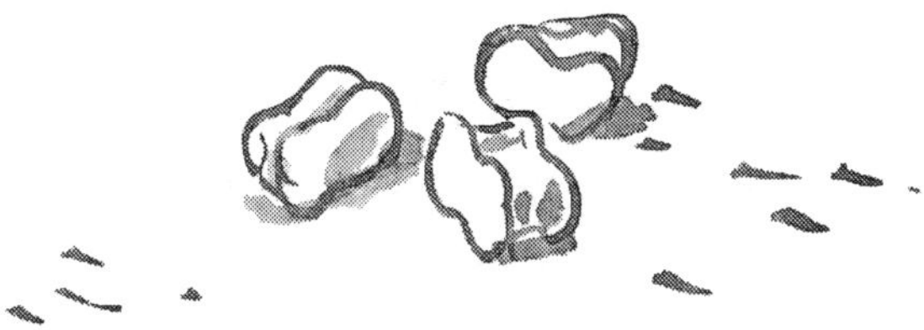

FICHE TECHNIQUE
Créé dans un but autant ludique que divinatoire. ce jeu utilisa d'abord des articulations de la patte arrière du mouton. On en trouva ensuite en bronze, en verre et même en plastique ou en or, mais les plus prestigieux et les seuls dignes des astres, de l'usure du temps et des tablettes olympiques sont à base de métal. Constitués de deux faces planes et polies, d'un côté concave et d'un autre convexe, l'un d'entre eux – le « père » – est recouvert d'une peinture rouge ayant parfois tendance à s'écailler, preuve que les osselets considérés appartenaient à des joueurs confirmés, pas à des amateurs !

Les omelettes de Dieu le père

Le rouge, c'était le *père*. Le *père* de qui ? Vous ne l'avez jamais su. Les quatre autres n'avaient pas même droit à l'appellation de *fils*. Tous étaient prêts cependant à témoigner d'une masse métallique certaine –cruelle parfois– même si vous ne vous en aperceviez qu'après une heure d'exercice solitaire quand le dessus de votre main bleuissait peu à peu dans le froid.

Car votre premier souvenir se nourrit de ces longues séances d'entraînement hivernal que vous vous imposiez les jeudis, samedis et dimanches, les jugeant indispensables à une honorable prestation en semaine. Trente ans plus tard, vous retrouvez là comme une fidélité à cette religion d'autodidacte forcené, que votre *père* vous a léguée : sans la sueur, le talent n'est rien.

Les choses sérieuses commençaient avec les *uns*. Qui n'était pas capable de franchir cet obstacle était prié d'aller jouer à la marelle ou, pire encore, à l'élastique avec les filles. Ayant lancé le rouge paternel dans les airs, vous ramassiez d'une main l'un des osselets gris à terre avant de rattraper le *père* chutant dans la même paume. Puis vous recommenciez l'enchaînement avec chacun des trois autres argentés. Les *deux*, les *trois*, puis les *quatre* prolongeaient la partie selon le même procédé.

Sous le *pont* que votre main gauche formait au sol, à chaque envol du *père* aux cieux, vous propulsiez ensuite les osselets un par un, deux par deux, trois et un et finalement les quatre d'un coup. Pour réussir le *puits*, vous remplissiez selon le même ordre et à quatre reprises votre poing gauche à demi fermé, posé à terre.

Suivaient la *petite* et la *grande omelette*, où les osselets tels des œufs fragiles ne devaient jamais retomber en enfer, mais se contenter d'un aller-retour recto verso dans la poêle de votre main. Pour la redoutable figure, dite de la *tête de mort*, les osselets bien chevillés dans les interstices de vos phalanges avaient pour mission impérative de revenir dans le giron de votre paume sans passer par la case terre, sous peine de vous faire mourir et de vous contraindre à tout reprendre du début.

Car il s'agissait bien du jeu perpétuel de la vie et de la mort. À chaque série était associé un vœu. Plus vous progressiez dans la succession des figures, plus vos désirs s'approchaient du divin. Vous éprouviez alors un profond sentiment de puissance et d'invincibilité que seuls les grands joueurs peuvent connaître. Vous étiez Dieu le *père*, tout rouge qu'il fût.

Vos mains bleuies inspiraient le respect et les défis d'école se muaient souvent en simple démonstration. Les filles vous regardaient avec ce mélange de curiosité et d'admiration qui incitait les adversaires à jeter l'éponge bien vite, dépités de tant d'adresse. Vous seul saviez en fait qu'il n'y avait là-dessous que de la sueur – de « l'huile de coude », aurait dit votre mère – mais vous n'en aviez plus conscience, ivre que vous étiez de chaque lancer, chaque défi jeté à la face des dieux. Ainsi mettiez-vous votre existence en danger à chaque *puits*, chaque *omelette*, chaque *tête de mort*. Y eut-il par la suite dans votre vie une seule activité humaine où – tout en brillant tel un demi-dieu au centre du monde – vous ayez autant risqué de vous-même ?

En cette époque révolue des cours de récréation sans bitume, vous ignoriez que les osselets étaient le seul jeu que l'on eût jamais trouvé dans une tombe ancienne. Vous qui n'en possédez même plus, vous vous surprenez soudain à espérer qu'un proche songe à déposer un *père* et quatre « *fils* » dans la vôtre. « *En métal, s'il vous plaît !* »

Ch. R.

Les panties

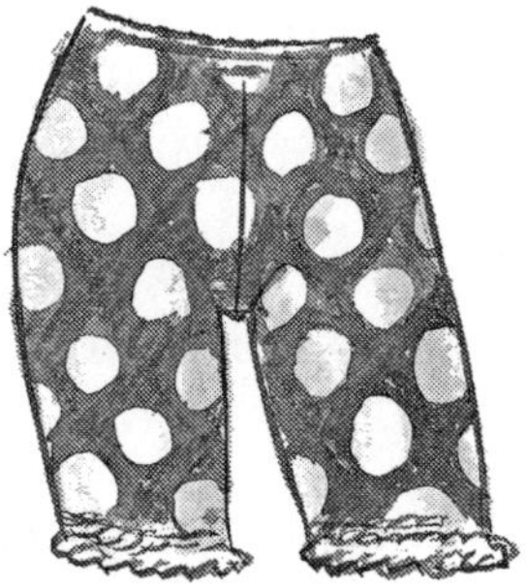

FICHE TECHNIQUE

De l'anglais panty, *pluriel* panties.

Inventé dans les années 60, ce sous-vêtement pour demoiselles est fabriqué dans un tissu élastique collant au corps, délicieux compromis entre la culotte et la gaine. Il a la particularité de descendre très bas le long de la cuisse (environ 15 centimètres au-dessus du genou) et de se dévoiler au regard au moindre mouvement de jupe. Il se termine le plus souvent par un liseré de dentelles froufroutantes dont les versions les plus sexy sont sans nul doute le blanc virginal dit « chantilly » ou la frise coquine de petites roses rouges entrelacées.

La quête du Graal

Quand je prononce le mot *panties*, j'ai l'impression d'entrouvrir la porte d'un mystère. Un peu comme lorsque certains parlent du Bhoutan, d'Aldébaran ou de la sainte Eucharistie. Mythiques panties qui nous faisaient rêver, qui soulignaient sans réellement dévoiler. Tabernacle.

Elles avaient quatorze, quinze ans et, par effet de mode (louanges soient à l'inventeur !), avaient troqué leur culotte contre ce précieux tissu à dentelles bouffantes. Les voilà donc Betty Boop, et moi le loup de Tex Avery. Car il y avait de la jarretelle dans ces panties. Un côté dessous coquins de danseuses de saloons... Crazy Horse et bas résilles, patchoulis et poules de luxe.

Les panties étaient pour ces adolescentes une affirmation brillante de leur féminité, désignant clairement qu'elles étaient porteuses du grand mystère.

Elles s'asseyaient en croisant les jambes sur les bancs de la promenade... Et nous, garçons, qui en entrevoyions les dentelles, sentions monter dans nos ventres la réelle et tangible affirmation de notre virilité. Divin paradoxe, puisque les panties révélaient bien moins à notre curiosité qu'une culotte Petit-Bateau ou qu'un maillot de plage... mais par son étourdissement de fanfreluches, il titillait bien autrement l'imagination, avide de sous-entendus et de suggestions plus que de réalités.

J'avoue humblement (car le temps de la prescription est depuis longtemps passé) avoir fureté dans les tiroirs de commode et en avoir volé à ma cousine... juste quelques heures, le temps de m'enivrer de ses vertiges, y plonger la tête comme lorsque l'on plonge dans des abysses sous-marins à la recherche miraculeuse de l'huître perlière.

Il était bleu nuit, avec de délicieux petits pois rouges... et je me demande parfois si ce n'est pas pour cela que je suis resté un inconditionnel supporter de l'équipe de Béziers que ces deux couleurs ont onze fois portée au titre glorieux de champion de France du ballon ovale.

M. P.

La poupée de Collection

FICHE TECHNIQUE
Poupée miniature en Celluloïd d'une taille de 15 centimètres, habillée d'un costume, reproduction fidèle des vêtements régionaux. Objet essentiellement décoratif, il servait de témoignage touristique, preuve que l'on avait visité telle ou telle province. Indifféremment homme ou femme, la poupée de collection était parfois accompagnée d'un objet qui soulignait sa personnalité. Citons en exemple une gourde pour un Basque, des échasses pour un Landais...

Une capitale comme Paris n'a que très rarement proposé une figurine la symbolisant. Il y eut une seule tentative : un Parisien vêtu d'un manteau, coiffé d'un béret et portant une baguette de pain sous le bras. Cette poupée fut rapidement retirée du commerce à cause du peu de succès qu'elle rencontra, les touristes préférant acheter des tours Eiffel en métal doré ou des Arcs de Triomphe dans des boules de verre neigeuses.

Petit souvenir de Celluloïd

Ma tante et mon oncle Jean étaient d'infatigables voyageurs. De redoutables touristes. Ils traversaient chaque été la France en long et en large… Et en car.

Ma tante et mon oncle n'envisageaient pas de visiter nos provinces autrement qu'en bloc. Un bloc bien compact de quarante touristes (capacité des cars de l'époque), Minolta en bandoulière, bob sur la tête, short pour la tante, pantalon blanc pour l'oncle.

Chaque année, rituellement, ils nous rendaient visite le 15 août. Là, nous échappions aux inévitables diapositives qui ne seraient développées qu'au mois de septembre. Leur séance-conférence nous serait offerte aux vacances de Noël.

Nous, les neveux, connaissions déjà le cadeau souvenir qu'ils nous réservaient. Immuablement, tous les 15 août étaient marqués par une poupée de collection. Et qui n'en a jamais reçu ignore ce que c'est !

D'abord, il y avait la boîte en carton avec sa fenêtre en Cellophane qui permettait de découvrir immédiatement la poupée. Celle-ci était en Celluloïd et portait ses vêtements régionaux. Elle était allongée dans son nid de papier, retenue au coffret par deux élastiques.

Bien sûr, le tout avait été préalablement empaqueté dans du papier-cadeau de couleur entouré de bolduc.

Toujours le même poids. Toujours la même forme. Et le sourire convenu de la tante et de l'oncle...

Je me souviens de quelques-unes. La Bretonne, la Niçoise, la Corrézienne, la Picarde. Et la dernière, je crois : l'Alsacienne.

Elles avaient toutes une existence semblable lorsqu'elles entraient chez nous. Comme nous n'avions pas le droit de jouer avec puisqu'elles n'étaient réservées qu'à la contemplation, elles prenaient d'abord place sur l'une des étagères de notre chambre. Immobile provinciale lilliputienne, elle se faisait oublier là, entre la boîte de Meccano de mon frère et le jeu de Nain Jaune de ma sœur...

Puis, quand elle avait reçu sa couche légale de poussière, on lui signifiait le peu d'intérêt que nous lui prêtions. Nous la mettions dans l'armoire. Dans l'antichambre de l'oubli. Son purgatoire...

Enfin, après une époque probatoire, elle était admise en son paradis. C'est-à-dire que nous la fichions sans regret dans un tiroir sous mon lit.

Nous n'éprouvions aucune peine pour cette malheureuse Alsacienne aux joues trop roses, aux tresses inévitablement blondes, à la coiffe en oreilles de Mickey (avec une cocarde bleu, blanc, rouge sur l'une d'elles), à la robe rayée blanche et rouge et au tablier noir.

On l'allongeait parmi ses semblables, inutiles souvenirs, témoignages des virées touristiques de la tante et de l'oncle Jean...

Inutiles ? Pas vraiment ; aujourd'hui, je les sors parfois et les regarde avec mes yeux d'adulte. Le temps leur a donné un peu de vie car elles m'évoquent mon enfance, bornant ma mémoire de leurs repères. Chaque 15 août, ma tante et mon oncle nous rendaient visite, des coups de soleil sur le nez, de bons grands sourires, une boîte rouge, jaune ou bleue dans leur valise.

Tout compte fait, je dois l'admettre ; j'ai collectionné les 15 août comme d'autres collectionnent des poupées !

A. C.

La bouteille de limonade

FICHE TECHNIQUE

Récipient (bouteille, du latin butis, *« tonneau », vase de forme et de matière variables, à goulot étroit, servant à contenir des liquides) contenant une boisson acidulée, composée de suc de citron ou de limon, d'eau et de sucre.*

Hauteur : 40 centimètres. Diamètres : 10 centimètres au goulot, 20 centimètres au cul.

Matériau : verre (sable siliceux mêlé de chaux et de carbonate de sodium). Modèle retiré du commerce.

Ô bouteille ! Ô château !

Dans ma cave, sur une vitrine, se dresse une bouteille couverte de poussière, solitaire, inutile, vide de tout liquide, mais pleine du souvenir de toutes les bouteilles de limonade ouvertes dans mon enfance.

C'était généralement à Pont-de-Beauvoisin, en Savoie ou en Isère[1]. C'était l'été, c'étaient les étés. Ces étés d'autrefois, écrasés de chaleur. Nous prenions nos vélos, nous étions toujours sur nos vélos. Nous grimpions, car il fallait toujours monter ou descendre dans ce coin de France, entre Chambéry et Grenoble. Nous allions jouer au football sur le terrain municipal, en Savoie, près de la gendarmerie, ou dans n'importe quel pré fauché à l'odeur d'herbe, où l'on faisait les buts avec des vêtements. Nous allions jouer aux boules, à la longue, la lyonnaise, le vrai jeu de boules que l'on pratique sur un terrain délimité, devant la terrasse d'un café, dont la salle fraîche hébergeait parfois un piano mécanique. Nous allions nous baigner au lac d'Aiguebelette, cinq kilomètres de côtes et de soleil brûlant. Partout – sous une tonnelle, sur une table de marbre, au

(1) Deux communes situées de part et d'autre d'une petite rivière, le Guier, portent le même nom.

comptoir d'une salle, sur les planches au bord de l'eau –, trempés de sueur ou simplement assoiffés, nous ouvrions la bouteille dans un petit bruit métallique et mou à la fois. Mais surtout, surtout, lorsque je rentrais seul chez ma tante, je sortais du grand congélateur aux casiers remplis de pains de glace cette bouteille de « lime » dont je versais le liquide pétillant dans un verre à moutarde, pour le boire si vite qu'il semblait ressortir par les yeux, traçant au passage un sillon froid et sucré, annonciateur d'une autre soif. Cette bouteille au verre épais, ornée d'une collerette de caoutchouc brun ou rouge, serrée autour du bouchon de porcelaine traversé par son opercule de fer, cette bouteille d'alors, toutes ces bouteilles d'alors, se confondent dans ce récipient livide d'aujourd'hui, doté de l'extraordinaire pouvoir de rappeler des souvenirs assoupis.

L'un d'entre eux est associé à la limonade. Un jour, sur une de ces routes savoyardes, je pédalais avec un vaurien prénommé Gilbert. Comme nous passions à la hauteur d'un petit château d'allure médiévale, nous éprouvâmes le désir d'aller le voir de plus près. Le bâtiment dominait un petit massif forestier qui l'enserrait étroitement. Nous abandonnâmes nos vélos et, après avoir franchi un bois touffu, nous parvînmes au pied du château, qui paraissait inhabité. Après en avoir fait le tour, nous nous immobilisâmes, retenant notre souffle comme si un danger nous menaçait, mais seul le chant des oiseaux s'élevait ici et là. Soudain, Gilbert avisa une ouverture à hauteur d'homme dans le mur d'enceinte. Il s'y hissa et se retrouva dans une cave. Il en revint presque aussitôt brandissant triomphalement deux bouteilles de ce qu'il appelait la « roteuse ». Nous les ouvrîmes, nous les bûmes, mais tandis que nous tenions encore en main les objets du larcin, une forme féminine se pencha au-dessus de nous, à partir d'un petit chemin de ronde. Paralysés, nous n'osions lever franchement la tête vers elle, et sans même nous assurer qu'elle était encore là, honteux, mais l'air sûrs de nous, nous plongeâmes en sifflotant dans le bois et remontâmes sur nos vélos sans échanger un mot. Mais il me semble bien que tandis que nous pédalions la tête dans nos guidons, je me posai quelques questions : « Était-elle jeune ? Belle ? Était-elle la fille des propriétaires ? Une visiteuse ? Une voleuse ? » Je tentai d'imaginer que nous avions pénétré dans un domaine hors du commun, un de ceux où brillent la nuit les fêtes auxquelles sont conviés les Grands Meaulnes.

En tout cas, je ne me préoccupai pas de savoir ce que pouvait penser Gilbert. Nous revînmes à Pont sans nous parler et il ne fut plus jamais question entre nous de cet épisode. Mais j'étais indigne d'entrer dans la confrérie des Grands Meaulnes et des Galaad : ceux qui résolvent les mystères. De toutes les grandes vacances, je préférai passer de longues heures nocturnes à lire en cachette des histoires de vampires et de princesses lointaines, plutôt que de tenter de retrouver seul le chemin du château. Je n'ai aucun souvenir des raisons qui purent expliquer un tel manque d'esprit d'aventure et de romantisme. Mais je peux soupçonner que Gilbert y retourna faire une expédition dans la cave aux limonades.

J. C.

Le jardin japonais

À mon frère

FICHE TECHNIQUE
Ensemble artistiquement composé de cactus nains, de cailloux d'aquarium et de petits sujets en plastique aux yeux bridés. Quand on installe les personnages, il est bien rare qu'on ne se mette pas deux ou trois épines dans les doigts et, quand on revient de vacances, qu'on ne soit pas obligé de jeter les cactus étiolés.

Dans la vie, il y a des cactus...

Il faut un alibi. La fête des Mères. On lui offrira ce dont on a toujours rêvé : un jardin japonais ! Un jardin japonais, dans ces années-là, n'était pas planté de bonsaïs ou autres vieux cerisiers noueux, érables tourmentés, mais de cactus, piquants à souhait...

On a mis nos économies en commun, on a trouvé un fleuriste, un vrai, un grand, avenue de Saint-Ouen, avec des seaux par terre remplis de fleurs énormes et luxueuses. Le sol est mouillé, une odeur d'algues traîne dans la boutique. Il nous faut des cactus, des petits cailloux colorés, verts pour l'herbe et bleus pour l'eau (car tout jardin japonais qui se respecte se doit d'être traversé par une rivière, d'un bleu de ciel méditerranéen), des petits personnages de plastique... Il y a d'étonnants cactus dans la vitrine, oreilles de Mickey armées d'épines menaçantes, pelotes d'épingles extravagantes, hérissons en colère, étonnants... mais trop chers. Nous nous contenterons d'un pot modeste planté de deux petits buissons épineux.

— Si vous les soignez bien, ils fleuriront en rose, a insisté la vendeuse.

Mais nous sommes intransigeants sur la rivière !

Reste à peupler le paysage... Juchées sur des piques en métal qu'on enfoncera dans le pot, les femmes ont des chignons en hauteur, des kimonos, des nœuds dans le dos et des socquettes blanches... Elles ne quittent jamais leur ombrelle. Les hommes portent des chapeaux pointus, des seaux d'eau en équilibre sur des perches, des sacs de riz... Ils pêchent à la ligne en regardant glisser sur les rivières de cailloux bleus des jonques aux voiles comme des ailes de papillon. L'immobilité du jardin japonais est incroyablement vivante, figée au bord du temps qui ne veut plus passer. On voudrait les acheter tous, mais à dix ans, il faut savoir accorder ses rêves à ses finances. On complétera plus tard... et d'anniversaires en jours de fête, le jardin peu à peu se peuplera comme un dimanche après-midi dans un parc public... Pour l'heure, nous savourons ce vieux pêcheur qui ne prendra jamais aucun poisson et cette jonque aérienne dans un paysage cacté qui ressemble à un décor de western tombé au fond d'un aquarium sans poissons !

Aujourd'hui que le mot « jardin japonais » a pour moi des reflets de laque noire et rouge, des charmes de lanterne, des neiges de cerisiers en fleur, je m'étonne de cette association étrange, mais il y eut un temps où le rêve nippon tenait dans un pot de terre cuite, entre deux cactus qui ne fleuriraient jamais et où les enfants étaient aussi heureux que leur maman le jour de sa fête !

M. D.

Le papier Tue-mouches

FICHE TECHNIQUE
À l'achat, l'objet se présente sous la forme d'un cylindre de carton épais, semblable à une cartouche de chasse. Mais lorsqu'on le dégoupille, il s'en déroule une guirlande de papier jaunâtre à l'aspect quelque peu rebutant.
Dépliée, cette guirlande peut atteindre les 60 centimètres. Elle est encollée d'une glu à l'ancienne (ne surtout pas y poser les doigts !) et se suspend au plafond à l'aide d'un crochet.

Une amusante coutume veut que l'on compte le nombre de mouches capturées lorsque ledit papier arrive à saturation.
Un viticulteur de Saint-Vincent-d'Olargues, dans les hauts cantons héraultais, affirme ainsi avoir totalisé une capture de 724 insectes (en tenant compte des guêpes, des moucherons et des moustiques) sur un seul rouleau.
Son record n'a pas été homologué par huissier, mais la rumeur publique villageoise fait en la matière office de jurisprudence.

La danse des morts

À l'époque où il n'y avait pas de réfrigérateur dans les cuisines, la mouche était l'ennemi. Qu'on laissât sur un coin de table un morceau de côtelette ou quelques abats prêts à mijoter en ragoût et on les trouvait constellés de petits points noirs mobiles. On avait beau les chasser d'un revers de serviette, les mouches revenaient avec des bourdonnements qui rappelaient désagréablement celui des forteresses volantes dans le ciel des années de guerre.

Rien de plus teigneux qu'une mouche attirée par l'odeur du sang ou du sucre ! Elles revenaient sans cesse à la charge, bien décidées à pondre leurs milliers de petits œufs qui transformeraient à coup sûr la viande en un grouillement de vers.

La mouche avait donc dans les esprits des relents de satanisme et l'homme se jugeait en droit de l'exterminer. La vulgaire tapette qui oblige la ménagère haletante à jouer au tennis aux quatre coins de la maison ne suffisait plus. Et l'homme inventa le papier tue-mouches.

Imaginez une longue spirale de papier collant punaisée au plafond, se déroulant voluptueusement vers le sol comme une guirlande. À la fois olivâtre et brillant, ce papier dégage sans doute pour le volatile de délicieux effluves odorants, évoquant la douceur du miel ou quelque délicat fumet de femelles énamourées. Odeurs qui lui montent à la tête, font que la bête perd toute prudence et s'y pose fébrilement. La voilà alors dans la toile d'araignée humaine, mille fois plus terrible dans sa perfection testée en laboratoire. Les pattes sont immobilisées. La mouche s'affole, bat des ailes qui viennent se coller elles aussi contre le ruban. Quelques minutes d'agonie dont le bourdonnement fébrile et désordonné fait le délice des enfants au spectacle, et c'est la fin, la mort par lassitude.

Peu à peu, au cours de la journée, le ruban se couvre de petits cadavres jusqu'à faire, aux lisières du soir, un chapelet monstrueux boursouflé de centaines de petites ailes... charnier qui rappelait pédagogiquement à nos âmes d'enfants que la vie est violence, loi du plus fort et du plus rusé. Autant de messages qui ont disparu de nos vies, dans des sociétés « modernes » qui préfèrent l'hypocrisie de gaz aérosols qui tuent bel et bien, sans agiter pour autant des brochettes de cadavres au-dessus de nos têtes.

M. P.

La chambre à air

FICHE TECHNIQUE
Bouée en caoutchouc noir gonflée à l'air comprimé, utilisée principalement dans les jeux d'eau en rivière ou à la mer. De tailles variées, les chambres à air sont toutes circulaires et peuvent donc servir accessoirement à être placées dans les pneus, rendant plus confortables tous les types de véhicules. L'utilisation de la chambre à air comme accessoire ludique aquatique a été réellement très développée entre 1950 et 1960, années où les bouées en forme de canard n'avaient pas encore envahi le marché. On en trouvait aussi dans les piscines, louées à l'heure pour une somme modique. Le jeu principal constituait à s'asseoir dessus comme dans un fauteuil et d'avancer en tournant sur soi-même grâce à de judicieux battements de mains et de pieds dans l'eau. Le possesseur de la bouée devait alors fuir les nageurs qui tentaient de le faire chavirer.

Le radeau de mon enfance

D'abord, il y avait une rangée de peupliers. Oui, je crois que c'étaient des peupliers ; je me souviens de leurs silhouettes hautes et fines avec le froissement de leurs feuilles dans le vent. Ils m'ont toujours fait un peu peur et encore maintenant dans mes rêves. J'en ignore la raison. Peut-être parce qu'ils étaient le dernier rempart à franchir avant d'atteindre le champ, un grand champ d'herbe verte que nous traversions en courant, mon frère et moi. Je passais souvent le premier, crânement, m'imposant un courage que je n'avais pas. Je sais aujourd'hui que nous ne craignions rien. Mais les enfants que nous étions alors, cow-boys en culottes courtes, s'engageaient dans un territoire hostile.

Il nous fallait à tout prix passer ce champ pour atteindre la rivière. Car c'était notre but. La rivière... Je ne me souviens plus de son nom. Ma vieille mémoire l'a gommé comme elle a effacé tant de choses. L'âge a planté ses griffes froides dans mon esprit. Je suis un vieillard usé, prostré dans son fauteuil, le regard immobile, posé sur le carreau d'une fenêtre qui découpe un petit carré de ciel. Là, passe le temps avec ses saisons grises, jaunes ou noires. Mais il n'y a plus jamais d'été.

Plus de soleil blanc, de musique de sauterelles, d'herbe fraîche, de cris d'enfants. Plus rien que cette vitre qui est devenue l'écran de ma solitude. Pareil à un artisan maniaque, je ne cesse d'y dessiner les bribes de souvenirs me revenant en désordre et n'intéressant plus personne. Les visites s'espacent et ceux qui m'approchent parfois deviennent des inconnus que j'oublie rapidement. Les vivants m'indiffèrent. Ce ne sont plus que d'anonymes passagers transitant par ma chambre. Ils s'assoient et me parlent comme caquettent les poules.

Moi, faisant mine de les écouter, je m'évade vers ma rangée de peupliers, le champ vert et immense, la rivière... Comme il est commode, désormais, de faire semblant d'être présent alors que mon esprit fugitif prend le chemin buissonnier.

Mon frère parie qu'il sera le premier arrivé sur la berge et que c'est à lui que reviendra alors le droit de prendre la chambre à air qu'il mettra autour de sa taille pour se jeter à l'eau.

Voilà où je suis le plus souvent. Maigre, en short et en tricot, le soleil me brûlant les mollets et me cuisant la nuque. Je me tiens fièrement sur le bout de plage que le fleuve a creusé dans une ravine de la berge. Je vois mon frère dans l'eau, les bras accrochés à son radeau. Il rit, s'ébroue, frappe l'eau de ses mains. Il rit. Il rit comme on chante. À la vie, à la joie, à la jeunesse.

Son rire ne s'est jamais éteint en moi. Il résonne encore aujourd'hui et me brûle le cœur. Les autres, mes visiteurs, antiques cousins ou récents petits neveux, les autres m'ennuient. Ils m'entourent à m'en étouffer, me calent un oreiller dans le dos, me demandent si j'ai bien déjeuné à midi, si je vais à la selle, si je suis heureux. Leurs imbéciles questions me relèguent au sinistre rang d'organisme incorporel, dénué de personnalité. Pour eux, je ne suis plus que deux orifices reliés entre eux par un tuyau. Je ne suis plus qu'un vieillard encombrant qui tarde à se noyer...

Je plonge la tête la première au milieu de la chambre à air qui flotte sur la rivière. D'un coup de rein, je remonte à la surface, je passe la tête dans l'orifice de ma bouée, puis le torse. Comme mon frère le faisait tout à l'heure, je m'accroche à cette vieille chose qui sent le caoutchouc usé.

Il lui en faudra de la force, à la mort, pour me détacher de ce fichu radeau ! Je ne suis pas près de le lâcher.

Mon frère rit. C'est lui qui est sur la berge, cette fois. De l'autre côté de la rivière. Il me fait un signe. Je crois qu'il m'appelle... Pourtant, je n'ai pas encore envie de le rejoindre. Je reste ici, dans l'eau qui noircit un peu plus chaque jour.

Combien de temps pourrais-je tenir encore ? La chambre à air est poreuse, ma mémoire se meurt, mon corps s'étiole. Et je commence à avoir un peu froid.

D. C.

Le martinet

FICHE TECHNIQUE

Son histoire : *inventé par M. Martinet au XVIIe siècle pour maintenir l'ordre dans l'infanterie.*

Ô désespoir : *le martinet est une production exclusivement française. Il s'en fabrique encore 300 000 par an avec 10 lanières de 37 centimètres chacune. Soit plus de 1 000 kilomètres de zébrures garantis.*

Il faut le croire : *existe en* Version luxe *avec 12 lanières et manche verni et en* Version chien *dite* Version de poche *avec lanières plus courtes.*

Un bouquet pour *Chef sioux*

Le magasin s'appelle « Aux tenailles d'or ». C'est une sombre boutique tout en long avec un immense comptoir en bois ciré. Au-dessus de la vitrine l'auvent rouge et délavé indique « DROGUERIE, BROSSERIE, COULEURS ET OBJETS ». Désignation presque complète du bric-à-brac de cette échoppe sans âge. J'y entre comme on va au musée, attirée par les odeurs mêlées de propre et de poussière et l'agencement méthodique de la marchandise. Dès l'entrée, mon regard se porte sur une curieuse grappe pendue au plafond par un crochet de boucher. Dans la pénombre il me semble distinguer les trophées d'une tribu de chasseurs de têtes. Je m'approche et n'en crois pas mes yeux... des martinets ! La même anatomie que ceux de mon enfance : un manche de bois poli doux et rond peint de jaune ou de rouge et une large bande plate en cuir entourant dix lanières épaisses et carrées. Des martinets ! Je les imaginais disparus, tombés en désuétude sous les assauts de pédagogues modernes... et ils sont là, immuables. Dans un étrange élan de tendresse, je m'avance et touche les longs cheveux épars de ces terribles gorgones.

À l'époque où nous vivions sous le même toit, Monsieur Martinet était presque mon ami. Comme un confident ambigu qui jouerait dans le camp des adultes. Je lui livrais mes projets dès le départ vers l'école : « Aujourd'hui, j'arrache les cheveux de Sylvia, cette petite voleuse de goûter. » Ou alors : « Ce matin, je jette une craie blanche dans l'encrier de Patricia la tricheuse. » Ces phrases avaient valeur de rendez-vous. Immanquablement, à l'heure du dîner, la maman de cette Sylvia ou le papa d'une autre frappait à la porte d'entrée et, moins de dix minutes plus tard, je retrouvais mon vieux complice du bord adverse, Monsieur Martinet, faux Père Fouettard de ces soirées maternelles. Car nos contacts n'étaient presque jamais charnels. Maman soupirait, décrochait le bâton et menaçait, mais les lanières ne cinglaient généralement que l'air. Je lui expliquais que j'étais la justicière de l'école, j'argumentais, je souriais et, neuf fois sur dix, Monsieur Martinet tombait sur le sol avant même d'avoir rempli son office. C'était le moment que nous attendions, mon frère et moi...

— Vous savez, c'est idéal pour conforter l'autorité parentale !

Sous ses petites lunettes carrées, le droguiste me jette soudain un regard inquisiteur :

— Car vous avez des enfants, n'est-ce pas ?

Au ton de la question, je devine qu'il craint d'autres usages que sa morale réprouverait. Son sous-entendu m'amuse.

Chef sioux... c'était mon frère. Pendant que maman s'affairait à la vaisselle, il rampait vers la travailleuse. Lentement, il soulevait le couvercle en merisier de la table à ouvrage et là, au milieu des dés, des bobines et des aiguilles, il dénichait la grosse paire de ciseaux aux manches orange et me la rapportait.

— À toi de jouer, *Grande sauterelle* !

Le rite était sacré, la mission périlleuse : il me fallait scalper Monsieur Martinet. Mais attention, à petit feu ! Par bouts de quelques millimètres pas plus à chaque opération vengeresse... Notre but étant qu'un jour, notre valeureux ennemi perde sa chevelure sans que nul n'ait vu venir la calvitie ! Avec infiniment de précautions, je raccourcissais donc une ou deux lanières puis, dans une ultime épreuve, qui provoque aujourd'hui encore l'admiration du grand *Chef sioux*, j'avalais les débris de mon forfait !

Un soir d'été, notre mère n'eut quasiment plus en main que le long bâton coloré. Elle prit un air très surpris :

— Tiens, je ne m'étais pas aperçue que ce martinet était si vieux… Les enfants, vous irez l'enterrer demain.

Son offre aurait dû nous paraître incongrue tant la poubelle était, à des yeux adultes, la destination évidente des derniers instants de cet objet domestique. Mais notre candeur enfantine nous masqua la complicité maternelle. Grâce à elle, la mort de notre victime ne fut pas sabotée et notre trophée de guerre finit en grande cérémonie, enterré debout près des chardons bleus.

Au fond de la boutique, je me surprends à adresser la parole à Monsieur Martinet. « Aujourd'hui, je dis ses quatre vérités à la comptable du troisième » puis « Ce soir, je crêpe le chignon de la voisine du dessus ». Comme autrefois.

— Si vous le voulez, c'est dix-huit francs !

La voix du droguiste a impoliment brisé mon soliloque. Scalpé ma nostalgie d'un coup. Hébétée, frustrée, j'hésite entre fuir et me fâcher. Mais c'est un troisième choix qui s'impose à moi.

C'était un matin de janvier, je m'en souviens fort bien et le marchand non plus ne peut l'avoir oublié. Au cœur de rues parisiennes, pâles et froides, j'étais partie joyeuse avec, en main, un joli bouquet de martinets.

L.M.

Les pages roses du Petit Larousse

FICHE TECHNIQUE
Le lecteur est prié de se reporter à la 113e édition du Nouveau Petit Larousse illustré (1956) qui présente à son attention la somme de 70 000 articles, 4 130 illustrations en noir, 44 hors-texte en couleurs et en noir, 150 cartes en noir, 28 hors-texte cartographiques en couleurs et surtout les inoubliables 32 pages roses de la page 1121 à la page 1152, comprenant notamment les locutions suivantes :
a cappella : *à chapelle (sans accompagnement).*
vox populi, vox Dei : *voix du peuple, voix de Dieu.*
ad vitam æternam : *pour la vie éternelle.*
distinguo : *je distingue (une distinction).*
de facto : *de fait.*

no man's land : *terre d'aucun homme.*
alea jacta est : *le sort en est jeté.*
dura lex, sed lex : *la loi est dure, mais c'est la loi.*
delenda Carthago : *il faut détruire Carthage*
chi va piano, va sano : *qui va doucement, va sûrement.*
bel canto : *beau chant.*
errare humanum est : *il est de la nature de l'homme de se tromper.*
in rerum natura : *dans la nature des choses.*
mutatis mutandis : *en changeant ce qui doit être changé.*
mens sana in corpore sano : *âme saine dans un corps sain.*
fiat lux ! : *que la lumière soit !*
for ever ! : *pour toujours !*
in perpetuum : *pour toujours.*
vox clamantis in deserto : *la voix de celui qui crie dans le désert.*
o tempora ! o mores ! : *ô temps ! ô mœurs !*
Ce qui sera également la conclusion du lecteur qui ne posséderait qu'une version récente du Petit Larousse illustré ou de tout autre dictionnaire.

Fallait-il détruire Carthage ?

De « *a cappella* » à « *vox populi, vox Dei* », ces locutions latines et étrangères que vous retrouvez dans un vieux dictionnaire de la maison familiale vous parlent soudain comme des voix d'ailleurs et d'hier. Sans accompagnement, populaires et divines à la fois.

Enfant, vous ne les lisiez jamais. Mais elles vous manquèrent cruellement, lors de vos adultes visites des albums d'Astérix. Comment comprendre le jeu de mots, l'interjection désabusée des pirates naufragés sur leur planche en dérive, si vous ignoriez la citation latine originale, et si ces pages roses ne figurent plus dans les éditions récentes du dictionnaire ?

Ad vitam æternam, vous regretterez donc le *distinguo* que ce rose sur la tranche permettait d'établir *de facto* entre noms communs et noms propres, entre la première et la seconde partie du dictionnaire, en lieu et place du *no man's land* qui y règne aujourd'hui. Mais puisque *alea jacta est* et que désormais *dura lex, sed lex*, vous vous résignez sans enthousiasme à cette législation incorruptible. Si Caton l'Ancien affirmait déjà sans relâche : « *delenda Carthago* », c'est sans doute qu'il fallait détruire Carthage. Carthage… et les pages roses.

À peine oseriez-vous formuler une objection et dire qu'en toute chose, *chi va piano, va sano* ; à peine rappelleriez-vous au législateur « laroussien » qu'en matière de citations latines comme en d'autres domaines, *errare humanum est* et qu'il n'est peut-être jamais trop tard pour revenir *in rerum natura* et remédier à cet égarement *mutatis mutandis*, en réhabilitant ces pages roses bannies.

Afin que, à nouveau irrigué de culture latine, vous renaisse un *mens sana in corpore sano* et qu'ainsi *fiat lux* sur le Larousse illustré de demain, une jolie petite lumière rose flottant sur l'année du passage au XXIe siècle, une nouvelle vie en rose pour l'entre-deux-millénaires, comme une promesse de vie meilleure nourrie de sagesse antique, comme un frisson, un avant-goût d'éternité. *For ever* ou *in perpetuum*, au choix…

Mais vous avez le sentiment dans cette maison vide et face à ce dictionnaire jauni de n'être hélas qu'une voix solitaire, une pauvre *vox clamantis in deserto…*

O tempora ! O mores !

Ch. R.

La corne de vache

FICHE TECHNIQUE
Véritable corne de vache dont la pointe a été munie d'un embout en plastique noir contenant un sifflet. Deux petits arceaux en plastique insérés le long de la corne permettent d'y fixer un cordonnet tressé, souvent bicolore, souvent rouge et blanc.

Cadeau empoisonné

Est-ce par essence un cadeau pour les enfants, ou un objet-souvenir ?

Tout le hiatus est là. À la fin des années 50, au début des années 60, on l'offre en général à un enfant. Difficile de bondir de joie devant cette chose au statut incertain, qui pourrait aussi bien finir accrochée au mur, à côté d'une vue de la Côte d'Azur, ou sur un guéridon, près d'une danseuse espagnole.

Mais bon, il paraît que c'est un jouet, on est bien élevé, il faut faire bonne figure. N'exagérons pas quand même. La corne de vache est un de ces jouets qu'on ne peut expérimenter sans ridicule devant les adultes rassemblés – on en a déjà eu deux ou trois, et l'on sait bien qu'elle ne produit qu'un couinement assez dérisoire eu égard à l'ampleur supposée de ce cornet acoustique naturel.

Non, la corne de vache ne peut prendre sens que dans la solitude. On a déjà vu, sur quelque illustration d'un livre de la Bibliothèque verte, un berger libre et majestueux, arpentant l'espace avec autour du cou une corne semblable. Alors, dans la grande série des aventures au conditionnel, on pourrait dire que l'on serait, dans une montagne profonde, un berger justicier, qui ferait mine seulement de porter l'objet à sa bouche – de peur de tout casser avec le bruit mécanique ridicule. Ce bel effort ne se poursuit jamais longtemps – pour le conditionnel, les aventures du berger ne sauraient rivaliser avec celles de Zorro, d'Ivanhoé ou de Buffalo Bill.

Que faire de la corne, quand l'imaginaire ne suit plus ? On la retourne, on la respire, et le mal est flagrant : ça pue. Bien sûr, cela prouve qu'il s'agit bien d'une vraie corne de vache, mais enfin...

Certaines cornes moins spécieuses font moins de cinéma. On peut y lire à l'encre noire : souvenir de l'Alpe-d'Huez. Une chance leur est acquise de finir accrochées au mur. Mais pour la corne-jouet, le pronostic sera rédhibitoire : c'est le fond du placard.

Ph. D.

Le pliant de camping

FICHE TECHNIQUE

– 12 barres métalliques de 0,8 centimètres de section et de 40 centimètres de long, recouvertes d'une pellicule anti-rouille car l'objet est susceptible d'être exposé aux intempéries.

– Une barre de fixation de 36 centimètres pourvue d'un crochet.

– Un solide rectangle de tissu (27×24 centimètres) surpiqué en trois rangs afin d'être assujetti aux barres métalliques supérieures, cet entoilage pouvant résister à une pression de 2 tonnes (test réalisé à l'usine ouvrière de Carmaux dite « La Fabrique »).

Au bonheur des fesses

Au concours Lépine de 1936, alors que le Front populaire venait de donner à la classe ouvrière son droit souverain aux congés payés, un inventeur de génie déposa le brevet d'un appareil révolutionnaire qui allait bouleverser tout à la fois les après-midi sur l'herbe, la pétanque, le passage du Tour de France et la pêche à la ligne.

Il s'agit d'un simple et bête morceau de tissu relié par un enchevêtrement de fils de fer. À l'achat, l'objet se présente sous une forme plate ne dépassant pas 60 centimètres carrés, facile donc à caser dans le coffre d'une voiture, au fond d'un cabas ou sur le porte-bagages d'une bicyclette. Mais déplié, il se transforme en un siège, suffisamment solide et large pour y poser deux augustes fesses. Un peu comme si l'on installait un salon en pleine nature. Il est alors loisible de lire son journal, de grignoter un pique-nique l'assiette sur les genoux ou de taquiner le goujon sans faire le pied de grue.

Pour le néophyte, le dépliage de l'objet pourra paraître assez ardu. Quelques conseils me paraissent donc utiles. Le mieux est de mettre la partie centrale pourvue du tissu face contre terre, de déplier ensuite délicatement (et sans se pincer les doigts) le côté droit et le côté gauche de manière à former des angles à 90°, puis d'assujettir les barres transversales de fixation ; pour cela, il faudra un peu forcer : pousser vers l'extérieur le côté gauche et profiter de la tension pour la mise en place du crochet de la barre. Habituellement, dans la famille, cette tâche était dévolue à l'oncle Arsène dont des doigts de fée assortis de biscotos de catcheur venaient à bout de sept ou huit pliants en quelques minutes.

Lorsqu'on prend place, la vérification de l'assise me paraît aussi un point important. Les deux tiges horizontales, formant en quelque sorte les pieds du pliant, doivent épouser une surface parfaitement plane, sinon le siège sera sujet à des basculements pouvant entraîner la chute de l'imprudent. C'est à cette condition seule que l'on peut sommeiller (voire même dormir à poings fermés, comme l'a souvent prouvé mon père) dans une position assise.

À l'achat, ce confortable pliant de camping est d'un prix réellement modique. Aussi j'ose affirmer sans détour que son inventeur a plus fait pour le bonheur de la classe ouvrière que bien des révolutionnaires de salon.

Nota bene : Lorsque nous allions à la plage, ma mère avait la maligne habitude d'incliner le siège (environ à 45°), d'en enfoncer les armatures dans le sable afin de le changer en un confortable appui-dos lui permettant de lire sa revue féminine (*Femme pratique*) tout en surveillant nos baignades d'un œil exercé.

M. P.

Les patins en feutre

FICHE TECHNIQUE
Protections molletonnées en forme de semelles utilisées pour progresser sur des parquets cirés. D'après une récente étude, il apparaît que ces ustensiles ménagers sont à l'origine de 2 113 accidents mortels, 700 traumatismes graves, 1 804 fractures du col du fémur et quelques milliers d'entorses. Il est à rappeler qu'une commission de l'OMS (Organisation mondiale de la santé) a proposé en janvier 1967 que les patins en feutre soient interdits, ou, du moins, que les accidents s'y rapportant ne soient pas pris en compte par la Sécurité sociale. Après l'alcool, le tabac et la voiture, les patins en feutre représentent un fléau national. Les patins en feutre sont souvent associés à l'odeur de cire d'abeille ou de l'encaustique que l'on utilisait pour faire briller les parquets. Ils ont pour ainsi dire totalement disparu des appartements dont les sols sont désormais recouverts de moquette ou de carrelage. Nous y avons gagné en sécurité, mais perdu en pittoresque !

Les casse-gueule de mézigue

Il faut vous dire, les gars, Huguette n'a pas que des qualités. Je ne suis pas du genre critique. Vous connaissez mon côté tolérant et mon air bon zigue. J'admets qu'un gus et une dame n'ont pas le même tempérament. Question d'hormones ; c'est ainsi. Le Grand Barbu a distribué les sexes pour que l'humanité se perpétue, logique. Au terme de quelques milliers d'années d'évolution on poursuit la divine besogne avec courage et volonté. C'est pour ça que j'ai épousé Huguette. D'abord parce qu'elle a toujours été gironde, la mignonne. Et puis surtout parce qu'elle n'est pas trop causante et que le silence, chez moi, c'est une seconde nature. Un mec, m'est avis qu'il ne doit pas dégoiser comme un speaker aux ratiches en or. Le mâle, le vrai, moins il en dit, plus on le respecte.

Mais vous imaginez un type bâti comme une armoire normande, la cibiche princière au coin des lèvres, serré dans un costard que même un rital envierait ; un type tout pareil à moi en train d'avancer en dindon sur un parquet ciré ?

C'est comme ça : Huguette, elle passe sa retraite à faire briller les parquets. Ils sont si propres, si nets, si reluisants que notre appart ressemble à la galerie des Glaces !

Et moi qu'on respecte dans le quartier, me voilà à me dandiner tel un danseur de tango argentin sur deux foutus patins de feutre, histoire de pas salir le beau miroir de madame !

Quand je rentre chez moi, la Huguette me tire sa révérence en me gueulant après. « Les patins ! » qu'elle crie. « Tes pieds sur les patins, Minouchet ! »

Déjà que le « Minouchet » c'est un blaze qui me titille un tantinet, faut encore que je supporte ses patins molletonnés, piqués, surpiqués, bourrelés... À chaque fois, j'ai l'impression de poser mes panards sur deux crêpes. Ma dignité en prend un sacré coup, les potes. Ça a l'air de quoi un homme qui patine sur le parquet de son salon ?

Puis l'encaustique, je n'ai jamais vraiment aimé. Odeur de miel poussiéreux ; un poil trop âcre. Un peu ranci.

Huguette en tartine ses planchers à longueur de journée. Trois, quatre couches qu'elle fourre sur les vieilles lattes de sapin qui n'ont jamais fait de mal à personne et qui n'ont pas demandé un tel traitement.

Des fois, je pense qu'Huguette a une vilaine idée qui froufroute dans sa boîte à neurones. Une idée du style Agatha Christie si vous pigez. Elle se dit peut-être qu'un beau soir, de retour de ma partie de belote chez mes aminches de Bagnolet, après une douzaine de Picon-bière, j'aurai la valse hésitante... Et que ce soir-là, je ferai un mauvais pas. Fffffft!!! Je décollerai du parquet encaustiqué, et je m'offrirai un vol plané qui me mettra knock-out definitively. Oui, des fois, je rumine cette probabilité.

Réfléchissez, les mecs. Faites marcher vos cellules grises, celles qui ne sont pas encore endormies par le pastis. Vous trouvez normal qu'une bonne femme impose à son jules de traverser son appart en patins, au risque de lui faire se briser la nuque ?

Eh, mes vieux copains ; si un jour vous apprenez que j'ai cassé ma pipe entre la table en Formica et le buffet Henri II, prévenez immediately le commissaire Maigret. Faites fissa avant qu'Huguette ait vidé les éconocroques de mon compte en banque.

Ce n'est pas trop que je sois soupçonneux... Vous connaissez mon côté tolérant et mon air bonhomme. Pourtant, il m'arrive d'avoir des doutes.

D. C.

Le calendrier des postes

FICHE TECHNIQUE

Format rectangulaire 21×28 centimètres. Calendrier imprimé recto verso, le premier et le second semestre, avec illustration ou photo. Couverture rigide cartonnée. Au fil des ans, apparaissent des pages intérieures très minces, plan du chef-lieu, liste des communes avec leur code postal et le nombre d'habitants, etc.

Un chat pour la couleur des jours

C'est le seul jour où le facteur apparaît en fin d'après-midi. Il fait nuit déjà, c'est l'hiver. Sur le seuil de la porte, il touche sa casquette pour un salut mi-déférent, mi-familier.

— Entrez donc, vous n'allez pas rester comme ça sur la porte !

Les enfants finissent leurs devoirs sur la table de la cuisine.

— Alors les jeunes, ça marche l'école ?

Il est tout de suite à l'aise, le facteur, ou plutôt, c'est la situation qui est facile, comme si chaque réplique était écrite à l'avance.

— Qu'est-ce que vous avez de beau, cette année ?

Il y a ce geste immuable de la sacoche qui passe de la hanche sur le ventre, l'odeur du cuir quand le facteur soulève le rabat, la lenteur nécessaire pour extirper d'un coup tous les calendriers.

— Ah ! cette année, j'en avais des superbes. Mais j'en ai déjà donné pas mal !

Il a l'air sincèrement déçu ; on jurerait qu'il avait opéré une distribution mentale en fonction des mérites et des goûts de chaque famille, et qu'il regrette de l'avoir vue bafouée.

— La pin-up, non quand même, les dames de la Belle Époque non plus. Les Montagnes Rocheuses toute l'année... Et si vous choisissiez les enfants ?

— Oh, maman, le cheval, il est beau !

La jument et son petit poulain, c'est pour le second semestre, sur fond normand d'herbages et de pommiers. De l'autre côté, c'est un chaton un peu mignard dans un panier, sur fond bleu roi.

— Oh oui maman, il est mignon !

— J'aime bien le cheval, mais le chat... enfin, si ça vous plaît.

Si ça vous plaît... Elle va rester six mois au mur de la cuisine, cette photo de chat sur fond trop bleu. On ne regardera pas beaucoup les saints, les changements de lune. Mais le chaton gourmé va doucement s'apprivoiser, partager les tristesses, les joies, l'odeur du quatre-quarts dans le four.

Solennel, le facteur referme sa sacoche, et se sait démiurge. Chaque jour, il donne la couleur du jour. Et puis un soir d'hiver, il donne la couleur de tous les jours.

Ph. D.

Le nain de jardin

FICHE TECHNIQUE

Personnages de compagnie, objets de décoration, symboles alchimiques, mythiques et philosophiques recyclés.

Modèle standard : hauteur de 30 à 50 centimètres ; largeur de 10 à 20 centimètres. Teintes multicolores.

Matières plastiques synthétiques (thermoplastiques) constituées de macromolécules linéaires obtenues par polymérisation ou polycondensation. Elles résistent aux chocs, aux basses températures, aux rayonnements UV, et ne se corrodent pas.

La méprise du nain de jardin

« Vienne le nain
En ce jardin
Passe le temps
Passent les fleurs
Les passants périssent
Le nain perdure. »

Le dit du nain de jardin japonais

À côté des nains nippons, il y a les gnomes européens. Il m'a fallu attendre l'âge de sept ans pour rencontrer quelques-uns des premiers avatars contemporains de ces habitants du merveilleux.

C'était pour Pâques. Exceptionnellement, il avait été admis que je n'irais pas en vacances chez ma grand-mère dauphinoise, mais que j'accompagnerais mon meilleur ami, fils unique comme moi, dans sa famille paternelle. Jean-Pierre et moi habitions des immeubles qui se faisaient face ; nous allions dans la même école primaire, et notre rue retentissait chaque jour de notre appel secret : un « miaou ! » modulé au bas de nos fenêtres respectives.

Après conciliabules et accords parentaux, nous prîmes la micheline Lyon-Moulins en compagnie de la mère de mon ami, et nous fûmes récupérés à la gare par une Frégate Renault de couleur bleue, ou peut-être verte, conduite par une tante de Jean-Pierre. Nous n'avions guère de chemin à faire pour rejoindre Dornes, le village où nous allions séjourner.

Je ne me souviendrais plus aujourd'hui de ce parcours si, à l'entrée d'un bourg situé peu avant Dornes, Jean-Pierre ne s'était agité pour demander que l'on se gare à la hauteur d'une modeste maison entourée d'un jardin potager. Entre les impeccables rangées de légumes, trois poteaux de bois supportaient un moulin et deux avions biplans, dont ailes et hélices tournaient au bon vouloir du vent de ce jour-là. On avait admiré sans un mot et on était repartis. Mais quelques kilomètres plus loin, à l'approche d'un groupe de maisons isolées, mon ami s'était remis à manifester un enthousiasme dont je réalisai rapidement la raison : une villa flambant neuve nous dominait du haut d'un tertre bordant la route. La conductrice s'arrêta devant un escalier qui desservait l'entrée principale. Au haut des marches, Blanche-Neige nous regardait, souriante et figée. Sur chacun des degrés en dessous d'elle, il y avait un nain. Je ne suis pas certain qu'il y en avait sept, mais je me souviens très bien que c'étaient les personnages du dessin animé de Walt Disney. Jean-Pierre et moi l'avions vu pour la première fois un an auparavant. J'entendais encore – j'entends encore – Blanche-Neige fredonnant « Un jour mon prince viendra » et la bande de nains revenant de la mine en chantant « Eh, ho ! Eh, ho ! On rentre du boulot ... »

C'était ma première rencontre avec des nains dits de jardin, elle se fit dans la tendresse et la reconnaissance de personnages indissolublement liés à un film, que je pourrai revoir jusqu'à la fin de mes jours avec un égal bonheur.

Les deux femmes nous interdirent de sortir de la voiture, mais elles patientèrent le temps de notre contemplation. À ce moment-là, sans raison, je ne sais plus lequel de nous deux décida qu'on les appellerait « les nas ». Pendant les deux semaines suivantes, nous nous débrouillâmes pour embarquer le plus souvent possible dans la Frégate, quand elle prenait la route de Moulins. À chaque fois la conductrice observait respectueusement notre rituel : dès que la villa était en vue, on criait : « Les nas ! Les petits nas ! », la voiture s'arrêtait, et la vitre ouverte, on regardait sans autre commentaire. Puis, ça recommençait avec les avions et le moulin, qui n'étaient pas toujours en mouvement. Le temps consacré à l'admiration des nas dépassait de loin celui consacré aux machines à vent.

Plus tard, au lycée, nous demeurâmes fidèles aux nains, qui prirent place dans notre mythologie aux côtés de Biggles, de Bob Morane et du Mouron Rouge. Jean-Pierre abandonna le territoire d'enfance avant moi et n'y revint jamais. Aujourd'hui il est mort, et je ne retournerai jamais à Dornes. Mais si j'ai remisé dans un coin de bibliothèque Biggles, Bob Morane et le Mouron Rouge, je suis demeuré fidèle aux nains : nains innomés du conte de Grimm, nains rigolos de Walt Disney, nains mythiques des mondes d'avant le triomphe des humains, nains de bûches de Noël, *garden gnome* de mon jardinet de banlieue parisienne, qui m'est arrivé par la poste, un jour d'anniversaire, en provenance du bout du monde.

Un de mes amis a dit que « l'on était toujours le nain de jardin de quelqu'un », s'élevant contre l'attitude condescendante consistant à se moquer de ceux qui n'ont pas les moyens de vous retourner votre suffisance. Je l'approuve, mais à y bien réfléchir, il y a sans doute deux sortes de nains de jardin. Il y a ceux qui n'appartiennent pas à notre monde, et se réunissent au pied des sapins pour la célébration du solstice d'hiver. Ce sont les rescapés invisibles des pays où nains et lutins jouaient dans les jardins, hors de la présence des hommes. Ces nains-là, si nous pouvions les voir, seraient plus à leur place dans nos forêts que dans nos jardins. Mais, et c'est l'erreur commise par le Front de libération des nains de jardin, ceux que nous voyons, les petits bonshommes de plastique, sont mieux à leur place dans les jardins que dans les forêts. Personnages sans mémoire et sans âme, ce sont les effigies chargées de notre adoration à un monde instantané. Il ne convient pas de leur rendre une liberté sans objet, au milieu de lutins et d'elfes qui n'ont pas besoin de nos idoles.

J. C.

La Vierge en plastique

FICHE TECHNIQUE
Statuette en plastique moulé de 22 centimètres de haut, vendue par milliers à Lourdes en souvenir de l'apparition miraculeuse de la Vierge à Bernadette de la famille des Soubirous. Le commerce a depuis longtemps oublié les Birous pour ne garder que les Sous...

Miracle sur un cosy-corner

Elle est blanche et bleue, de ce blanc d'ivoire que prend le plastique quand il a trop vieilli, de ce bleu layette qui teinte les dragées de baptême pour garçons. Elle est mince et sage, peut-être un peu dolente, la Vierge de Lourdes pieds nus sur son rocher de plastique, deux roses rouges perlant comme des gouttes de sang sur ses chevilles. Visage et voile d'albâtre, ceinture turquoise cloutée d'astres dorés, elle pourrait être hindoue ou musulmane, fille de Palestine ou bien dame de Brocéliande, mais elle est de Lourdes, c'est écrit sur le socle ; et au-dessus de sa tête, par un subtil jeu de glissière, une auréole étoilée d'or proclame en arc de cercle : « Je suis l'Immaculée Conception ». Elle pullule aux échoppes de souvenirs, de toutes les tailles, de toutes les matières, pour tous les usages, presse-papiers ou taille-crayon, marque-page ou porte-clés...

C'est là qu'Elle aurait pu m'apparaître, offerte à tous dans les vitrines de la Grand-Rue, mais non, je l'ai vue un jour d'hiver, dans une pièce sombre, seule sur un cosy-corner, à Paris.

J'étais venue là visiter une camarade d'école qu'une longue maladie tenait au lit. Nous avions longuement parlé, puis nous nous étions tues et lentement, la nuit était venue... Alors, doucement, le miracle s'est produit. Dans la chambre obscure où ne parvenait plus qu'à peine les bruits de la rue, juste au-dessus de la petite fille malade qui s'était endormie, un visage puis un corps sont apparus, fantomatiques dans la pénombre grandissante. Silhouette luminescente et translucide, d'une pâleur presque verdissante, une Vierge impalpable flottait, irréelle, au-dessus d'un cosy-corner invisible.

Et puis la maman est entrée et la très païenne électricité a chassé l'apparition. Sur le petit meuble de bois vernissé ne restait qu'une banale statuette de plastique coincée entre un *Club des Cinq en vacances* et *Alice au Canada*...

Je crois que Bernadette a guéri – s'appelait-elle vraiment Bernadette ? Mais chez moi, on n'a rien voulu savoir. Sûrement pas une horreur pareille dans ta chambre !

Tout au long de ma vie, je les ai revues, blanches et bleues, à Lourdes ou à Lisieux. Elles n'en ont jamais fini de sourire dans les vitrines de souvenirs, au soleil d'un néon sans ombres ni mystère, mais aucune d'elles ne pourra jamais ressembler à cette femme voilée, flottant au-dessus d'une petite fille malade, solitaire et précieuse comme un miracle d'enfance.

M. D.

La poupée de coquillages

FICHE TECHNIQUE

En matière de poupées de coquillages, il n'y a pas de limite à l'inventivité.

Toutes les formes et tailles sont autorisées, de la plus simple faite de quelques palourdes et bigorneaux jusqu'à la célèbre Conchita Gipsy *réalisée par miss Marple en 1954 à Pretty Flowers dans le Lancashire : poupée de 6 mètres de haut, pesant 2 tonnes et ayant nécessité 64 000 coquillages pour sa réalisation.*

Quant à la mer, sa générosité en matière de mollusques céphalopodes ou bivalves est sans bornes. La colle de base peut être réalisée de manière artisanale à partir d'écorce de houx cuite au bain-marie, mais nous conseillerons aux néophytes la colle UHU (solide, facile d'emploi et très résistante) dont nous remercions au passage le président-directeur général qui a bien voulu sponsoriser ce modeste catalogue.

Les « affrosités » de tante Olga

Ma vieille grand-tante Olga était presque naine, aussi habitait-elle une véritable maison de poupée ; si exiguë qu'on baissait instinctivement la tête lorsqu'on entrait dans sa cuisine que mon père appelait comiquement sa « dînette ».

On la disait originale parce qu'elle passait ses vieux jours à confectionner des poupées de coquillages. Habitant à trois cents kilomètres de la mer et ne sortant pour ainsi dire jamais de son village des Hautes-Alpes, je me suis toujours demandé par quel enchantement elle avait pu rassembler sa phénoménale réserve hétéroclite de coques, tenilles, bernicles, clovisses, patelles, praires, Saint-Jacques et autres bigorneaux... J'imaginais un vieux soupirant marin-pêcheur traversant le pays pour lui ramener, en échange d'un baiser, des monceaux de coquillages patiemment glanés sur les plages de La Ciotat ou de Cassis. Ou bien parfois je la soupçonnais de partir clandestinement pour aller de nuit ratisser elle-même le sable des plages. Il y avait dans la remise un vieux vélo, équipé sur le porte-bagages d'une cagette... et je me demandais s'il était possible de faire en une seule nuit un tel voyage à pédales. Mais, dès lors, combien avait-il fallu d'allers et retours pour emplir ainsi sa maison de coquilles, toutes patiemment rangées dans des boîtes à chaussures étiquetées : « piquants d'oursins », « pinces de crabe », « petites palourdes », « huîtres et moules » ?

De ses petits doigts boudinés naissaient, à force de colle et de patience, des demoiselles à ombrelle, des gitanes provocantes et des Charlie Chaplin à badine...

La plus petite faisait quelques centimètres, et la plus grande (de près d'un mètre de haut) trônait sur le buffet, pareille à une pièce montée de mariage. Dans l'intimité, mon père l'appelait, bien irrévérencieusement, sa grande sœur.

Olga n'était pas sa tante, mais celle de ma mère... et il y retrouvait un penchant commun pour l'originalité qui l'agaçait. Aussi ne manquait-il jamais de fustiger d'une pique tant de douce folie.

Longtemps, j'ai tenu moi aussi ces poupées en coquillage pour des « affrosités », comme il disait. Et puis j'ai fini par m'attacher à ces naïves représentations.

Ma tante Olga est désormais bien près de mourir dans un hospice de vieillards. Mais sa maison est toujours encombrée de ces drôles de fantômes qui s'empoussièrent. Qui va en hériter ? Sans doute pas mon père qui, par excès de précaution, a préféré mourir avant elle.

M. P.

Les boules qui font de la neige

FICHE TECHNIQUE
Objets de décoration, de collection, de dévotion, de souvenir.
Hauteur : 4 centimètres. Longueur : 6 centimètres. Bulle de verre ovoïde ou de forme arrondie, à fond plat (verre ou socle de plastique), avec inclusions de personnages ou (et) décors en plastique fixes (Père Noël, rennes, nains, dans des paysages d'hiver, basiliques, cathédrales, grands monuments profanes, Sainte Vierge et autres saints, curiosités naturelles...) et particules blanches amovibles (neige). Il convient d'agiter la boule, ou de la renverser, afin de déclencher la chute de la neige.

Le langage des sphères

Dans la grande famille des « souvenirs », à côté des cuillères, des fanions et des assiettes armoriées, la boule de verre au paysage de neige occupe une place de choix. Sulfures du pauvre, ces bulles recèlent parfois des personnages, dont les nains de bûches et autre Pères Noël, des sites, bâtiments et sculptures célèbres, comme la statue de la Liberté et la tour Eiffel, et souvent des monuments religieux comme la grotte de Lourdes, le Mont-Saint-Michel, les basiliques de Lisieux et du Sacré-Cœur de Montmartre.

Il y a fort longtemps, suivant une route capricieuse qui me conduisit par erreur à Tournon, puis à Tain-l'Hermitage, je découvris un jour de chance le chemin conduisant au peintre Jean-Robert, à Valence. Bonheur de la rencontre d'un homme et admiration d'un œuvre peint au mystère insondable.

Lorsque je pénétrai pour la première fois dans son atelier, une odeur de vernis me surprit et ne m'a plus quitté depuis, associée curieusement à une série de nombreuses boules de verre enneigées voyageant dans l'atelier, au gré de l'humeur de l'artiste et de l'enrichissement de la collection. Peu après cette première entrevue, s'établit entre nous un rituel précis : arrivée en gare de Valence, marche jusqu'au logement du peintre dans l'ancien palais des évêques, non loin de la cathédrale et du musée de la ville – où ses œuvres acquises par la municipalité disparurent un jour lointain des cimaises dévouées à l'art officiel –, départ immédiat de l'appartement pour la rue des Têtes, à la gloire d'une sculpture ornant une belle maison Renaissance de cette voie piétonne – virage dans la rue Petite Neuve aussi étrange que la rue Vieille Nouvelle de Prague. Cette ruelle déambule jusqu'à un haut portail de bois qui s'ouvre sur une cour carrée, dont les pavés disjoints sont bordés par les rideaux métalliques de quelques garages. Un escalier en partie obstrué par une grosse branche d'acacia mène à un palier, où des piles de tuiles inutiles posées sur le sol voisinent avec la porte d'un local d'où s'échappent parfois les notes répétitives de leçons de piano. La bâtisse, entourée par les toits d'allure provençale de la vieille ville, est écrasée par un ciel souvent bleu, sans concession.

L'atelier est situé au sommet de l'escalier. On ouvre la porte, on laisse entrer la lumière, l'odeur de vernis s'échappe, les derniers travaux attendent le long d'un mur, sous un enchevêtrement de photos, de coupures de presse, de poèmes, de citations manuscrites de poètes et écrivains qui ont croisé la vie et la peinture de Jean-Robert : Philippe Soupault, Henri Michaux, Alain Bornes, Jacques Sternberg... L'essentiel de la collection de boules animées occupe les rayons d'une étagère métallique, mais quelques pièces sont disséminées çà et là, au hasard ; parfois sagement alignées comme des petites sœurs admiratives, devant un tableau qui leur présente en guise de reflet d'autres boules, issues d'autres univers, qui paraissent bien plus inquiétants et mystérieux que les leurs. On les regarde ces bulles, on commente les nouvelles venues, on observe la chute paresseuse ou brutale des flocons, jamais la même d'une boule à l'autre. On les caresse ces bulles, petites masses porteuses de messages imprécis, entrevus, pressentis, dont le sens et les origines sont moins banals qu'il n'y paraît.

En y repensant aujourd'hui, c'est sans doute pour cela qu'il y a un rapport entre les bulles neigeuses et les sphères obsessionnelles de Jean Robert ? D'un côté à l'autre du miroir, sphères et boules se parlent sans doute dans un langage que ne comprennent ni le peintre ni les autres humains. Mais en ce qui me concerne, seule compte dans ma mémoire l'association forte de l'odeur de vernis et du bonheur d'être avec l'artiste et son monde, tandis qu'un peu de neige tombe en toute saison dans une bulle dont la fonction « souvenir » est irremplaçable.

J. C.

Le pouf à billes

FICHE TECHNIQUE

Forme : poire.

Hauteur : variable selon l'occupant et l'heure.

Diamètre : 80 centimètres.

Couleur : hors l'orange, point de salut.

Contenant : enveloppe en plastique marbré à « transpiration excessive garantie ».

Contenu : billes en polystyrène expansé au nombre de 31 683 minimum à l'achat (aspirateur non fourni).

Vente par correspondance : a récemment opéré une réapparition fulgurante dans quelques catalogues de VPC au prix ahurissant de 55,87 euros.
Bibliographie : relire l'indispensable ouvrage de Georges Perros, En vue d'un éloge de la paresse *(hélas épuisé !).*

Chronique d'une adolescence orange

J'avais seize ans. J'attendais mon bac de français et mon premier amant. J'attendais d'être adulte et de partir enfin à la conquête du monde. En fait, par défaut, sans doute, j'attendais d'abord – et surtout – mon pouf à billes !

Il était finalement arrivé un matin, tout d'orange vêtu, porté par un hercule en salopette bleue. Aussi royal qu'un Mérovingien, il avait été dignement installé au cœur de ma chambre minuscule. Énorme, envahissant, incongru, il s'était immédiatement confondu avec le propre miroir de mon adolescence. J'en avais fait le centre de mon univers, le puits de mes humeurs languissantes, le tremplin mou de mes envies. Je n'attendais que lui pour… attendre.

Aujourd'hui encore je me souviens de ces heures délicieuses passées à l'affût du crissement des billes écrasées sous mon poids. De ces interminables allers et retours entre la salle de bains où je me scrutais inquiète devant la glace, et la chambre où je m'affalais désespérée en son creux. De cette adolescente avachie en son orange cocon qui tentait de lire Platon sur un fond musical de « fièvre du samedi soir ». De ce long bout de presque femme qui tressautait à la moindre sonnerie : « C'est pour moaaa ? C'est Jean-Pascaaal ??? ». Mais aussi de cette enfant apeurée, lovée dans la déesse mère, recroquevillée dans ce corps « poufien » et protecteur l'abritant d'un présent qui ne faisait qu'attendre.

Devenue adulte et toujours à la conquête du monde, mais calée dans un confortable fauteuil en cuir, je lirai les propos d'une célèbre psychanalyste décrivant cet « âge étrange » comme celui du « complexe du homard ». Mon pouf orange, lui, me donnait le « complexe du couteau ». Non pas l'ustensile familier à lame plus ou moins aiguisée, mais le coquillage peureux, ce lamellibranche fouisseur qui s'enfonce dans le sable humide dès qu'on approche la main.

Ô pouf, l'unique objet de mon contentement. Comment aurais-je pu ne pas t'aimer, toi qui transformais ainsi les ciels gris du Nord en promesses de Méditerranée ? D'abord assise, je me retrouvais vite allongée le nez au plafond, entraînée peu à peu vers le sol à la manière d'un toboggan miniature par le mouvement imperceptible mais continu des billes. Le livre initialement tenu des deux mains achevait sa métamorphose en parasol, ma chambre devenait littoral et mon pouf une mini-dune de sable à moi seule réservée.

Arrivait toujours l'instant où, d'un glissement de trop, la chute – et le retour aux dures réalités – était inéluctable. D'où le nom, sans doute, de ce gros coussin de basse extraction, puisque comme l'affirme le Petit Robert, « pouf ! » est une « exclamation exprimant un bruit sourd de chute »…

L. M.

Le tricotin

FICHE TECHNIQUE
Petit personnage de bois verni, rayé de bleu, de rouge, de vert. 8 à 12 centimètres de hauteur, ventre creux. Chapeau à clous, inventé après la guerre pour désespérer les petites filles.

Un jeu d’enfant ?

— De mon temps, on avait une bobine de fil avec quatre clous et cela suffisait bien !

— Oui, mais...

— C’est même plus pratique !

— Oui, mais...

Il est là, sur le chemin de l’école, dans la vitrine, entre des boutons d’argent, des pelotes de laine « Fantaisie du Bon Pasteur », au milieu de tout un fouillis minuscule. Je ne vois que lui. Lui ? Elle ? « Tricotin » indique l’étiquette, mais pourquoi ce masculin ? Tout en lui est féminin, la petite silhouette de bois aux hanches renflées, ce visage arrondi, la bouche rouge, la petite toque verte surmontée de quatre clous qui donne à ce modeste champignon des allures de tsarine en exil.

Que fait donc cette quille en équilibre sur le présentoir de porte-jarretelles de la mercerie ?

Par quelle magie a-t-elle quitté son pays natal, la librairie d’à côté, les soldats de bois, les billes, les cordes à sauter ?

Non, le tricotin n’appartient pas vraiment au peuple des aiguilles, des dés à coudre, des fastidieux travaux de couture ! Le tricotin a une âme de jouet, des rondeurs douces à la main comme des poignées de corde à sauter, des couleurs de poupées russes... Avec lui, on le devine, le tricot devient un jeu !

D'ailleurs, le désir de tricotin naît à la récréation, dans une cour d'école, à côté des cordes qui tournoient et des rondes un peu folles. Elles sont deux assises sur le banc, dans l'ombre légère de l'auvent, une petite poupée de bois dans une main, la laine qui dépasse d'une poche de leur tablier. Une pique de bois virevolte, agile, soulève un brin de laine par-dessus les clous, l'entremêle, le tire, le tresse dans un geste facile et peu à peu, l'objet magique accouche d'une chaîne de laine qui n'en finit pas de serpenter sur les genoux...

— Maman, je voudrais un tricotin...

J'ai fini par l'avoir, je lis et relis la notice... Pas si simple le geste facile des championnes de la récré ! Trop lâche, le fil s'échappe, trop serré, la pique se refuse à glisser. La laine renonce à se soulever, se divise, s'effiloche, accrochée au clou comme un flocon de laine de mouton sur un barbelé.

Pourtant, la chaîne ronde commence à apparaître en dessous de la poupée mais, il faut bien l'avouer, on est loin de la belle régularité espérée ; un serpent au cou étrange sort lentement, tantôt affreusement amaigri, tantôt gonflé outrageusement par une digestion difficile... Et puis ce reste de laine rose fluo n'a pas la distinction du rouge framboisé dont on rêvait... Mais abandonner maintenant serait admettre qu'une simple bobine eût été suffisante ! Voilà, la chaînette est terminée : je l'interroge... Un bracelet ? Trop longue ; un collier ? Trop molle.

J'ai les cheveux courts, pas de nattes à attacher... J'ai fini par la nouer autour du cou de mon vieil ours aveugle.

Déçue ? Pas vraiment : une petite poupée de bois, un objet magique de transmutation lainière, douce à la main, ronde et tranquille, au regard de champignon bienveillant, posée sur mon bureau entre les crayons, les cahiers, me tricote un rêve immobile de dentellière maladroite...

M. D.

Le carré de pluie

FICHE TECHNIQUE
Objet essentiellement féminin tombé en désuétude. Format : 40×40 centimètres. Matière : plastique transparent. Épaisseur : 0,1 millimètre. Fonction : protéger les cheveux de la pluie.
Il est cependant utile d'associer cet objet aux bigoudis ou aux mises en plis. En effet, la fonction première du carré de pluie était de préserver les coiffures féminines à une époque où ces dernières revêtaient une grande importance sociale. De plus, complément de l'imperméable, il permettait de se passer d'un parapluie que l'on pouvait aisément perdre dans les transports en commun.
De retour chez soi, il était d'usage de le pendre à une corde à linge dans la salle de bains.

Quand ma mère sortait…

C'est avec l'âge que l'on commence à apprécier la pluie.

Môme, elle me contrariait. La pluie interrompait les parties de foot avec mes copains, m'obligeait à enfiler un caban avec un capuchon ridicule... Et puis la flotte me fichait le cafard. Je détestais la voir hacher les vitres de ma chambre, tremper le jardin de la maison de vacances, mouiller la plage. Les averses semblaient ne jamais vouloir finir. J'attendais, le nez aux carreaux. J'écoutais les gouttes frapper le sol. Quand il pleuvait, même en été, c'était toujours l'automne. Et je détestais l'automne !

Ma mère ne semblait pas se soucier de cet avatar météorologique... Elle ne changeait pas son emploi du temps pour si peu. Si des courses avaient été prévues, elle passait un imperméable beige et sortait de son sac à main un petit étui plat. Elle en extrayait une feuille de plastique transparente pliée en accordéon qu'elle défroissait d'un coup sec de la main. Cela devenait un carré muni de deux cordons fins. Elle plaçait le carré sur sa tête, nouait les lacets sous son menton et pouvait alors sortir, certaine que la perfection de sa mise en plis ne serait pas dérangée. C'est étrange ; d'infimes détails de l'enfance savent trouver les chemins de notre mémoire. Des gestes quotidiens, banals. De petits riens qui vous accompagnent tout au long de votre vie, accrochés à vous, incapables de vous quitter.

De ma mère, j'ai conservé bien d'autres images tellement plus fortes, plus riches. Pourtant, ce carré de pluie qu'elle mettait sur sa tête pour protéger ses cheveux s'est glissé au sommet de la hiérarchie de mes souvenirs, malgré moi.

De tout ce que j'ai gardé de ma mère, pourquoi ce machin ordinaire se déplie-t-il parfois de lui-même quand il se met à pleuvoir ? Sa mince feuille en accordéon s'ouvre en un rapide clac puis se déploie en se défroissant.

Bien sûr, je ne peux avouer à personne que je crois aux fantômes et que je me suis habitué à leur présence, appréciant leur chaleureuse compagnie. Bien sûr... Mais ils m'accompagnent souvent, discrets et prévenants.

Ma mère a rejoint mon père et tous ceux que j'ai aimés.

Il pleut parfois.

Mon père met sa casquette et ma mère son carré de pluie. Il pleut en silence. Je n'ai plus de parties de football à interrompre, le jardin de la maison de vacances n'existe plus et la plage m'ennuie. Le temps a recouvert mon enfance et m'a amputé. Je suis un infirme rescapé de l'adolescence, trempé jusqu'aux os de pluies répétées, d'étés inachevés, de rêves noyés.

C'est avec l'âge que l'on commence à apprécier la pluie. C'est entre ses gouttes que se dessinent des mirages. Des silhouettes amies. C'est sur leurs épaules et leur tête que l'eau brise ses élans. Heureux celui qui, comme moi, peut les apercevoir.

Mains dans les poches, nez au vent, je chante sous la pluie. J'esquisse deux pas maladroits de claquettes, saute dans le caniveau et éclabousse les passants qui m'indiffèrent.

Ma mère avec son carré de plastique sur la tête sourit. Elle a certaines choses à faire... Dans ce monde ou dans l'autre. Peu m'importe, elle est là et cela me suffit.

D. C.

TABLE

Achevé d'imprimer en avril 1999 sur presse Cameron
par ***Bussière Camedan Imprimeries*** *à Saint-Amand-Montrond (Cher)*

Dépôt légal : avril 1999. — N° d'Impression : 991778/1.

HISTOIRE ORIGINALE : ATSUKO ASANO
YA ! ENTERTAINMENT / KODANSHA
ADAPTATION EN MANGA : HINOKI KINO

N°6

8

ATSUKO ASANO
HINOKI KINO

N°6

8

HISTOIRE ORIGINALE : ATSUKO ASANO
(YA ! ENTERTAINMENT / KODANSHA)
ADAPTATION EN MANGA : HINOKI KINO
N°6
8

HISTOIRE ET PERSONNAGES

Injustement accusé de meurtre, le jeune Shion perd tous ses privilèges de membre de l'élite de N°6, une cité futuriste prétendument parfaite. Il ne doit son salut qu'à l'intervention de Nezumi (« le rat »), dont il avait sauvé la vie quatre ans plus tôt, un soir de tempête. Les deux jeunes gens trouvent refuge au bloc Ouest où règnent violence et chaos. Shion est alors victime d'une guêpe parasite, une attaque dont il réchappe miraculeusement et qui a déjà touché d'autres personnes, mortes sur le coup.

Ayant appris que son amie Safu avait été jetée en prison, Shion tente de pénétrer dans le pénitencier, accompagné de Nezumi et soutenu par Inukashi et Rikiga. Une fois sur place, Shion et Nezumi font une énième découverte macabre : des dizaines de cadavres allongés les uns à côté des autres, chacun privé de cerveau. Les deux jeunes gens poursuivent leur périple, mais en chemin, Shion n'hésite pas à ôter une vie pour sauver celle de son ami. Enfin parvenus au dernier étage, ils retrouvent Safu qui semble les attendre...

KRONOS

Zone résidentielle de luxe réservée à l'élite.

YÔMIN

Chroniqueur au sein de N° 6, révolté par la disparition de sa femme et de son enfant.

SHION

Autrefois citoyen privilégié, cet adolescent généreux est confronté aux pires dérives de N° 6.

RIKIGA

Ex-journaliste de presse et ancien ami de Karan, il vit au bloc Ouest.

L'HOMME À LA BLOUSE BLANCHE

Chercheur qui mène un ambitieux projet.

LE MAIRE DE N°6

Homme le plus puissant de N°6.

N°6

CŒUR DE VILLE

Accueille la classe dirigeante et Lunéa, l'hôtel de ville.

SAFU

Amie d'enfance de Shion, spécialiste en physiologie.

ARRESTATION

PÉNITENCIER

Prison du bloc Ouest pour les détenus ayant commis des crimes au sein de N°6.

LOST TOWN

Quartier populaire où les sous-citoyens vivent sans aucune aide des institutions.

KARAN

Mère de Shion, devenue boulangère à Lost Town.

HORS DE LA VILLE

LE BLOC OUEST

Zone sous haute surveillance, de l'autre côté du mur d'enceinte de N°6, où se trouve notamment une prison ultra-sécurisée.

INUKASHI

« Loueur » de chiens dans l'enceinte d'un hôtel en ruine, il est bien informé de la vie au bloc Ouest.

NEZUMI

Unique survivant du « peuple de la forêt », il voue une haine farouche à N°6.

N°6

28
LE MIRAGE

BLUP
コポ
BLUP
コポッ
SAFU...
TAP

FRR
PLOM
FFH
FFH
BOBOM
BOBOM
BOBOM
BOBOM
SAT
HAA
SAFU... TU ES VIVANTE !
ENFIN, JE LA RETROUVE.
ELLE EST LÀ, DEVANT MOI... ET EN VIE !
OUF

TU ES VENU, SHION.
ふわっ
AH
J'AI TOUJOURS CRU EN TOI.
J'ÉTAIS SÛRE QUE TU ME RETROU-VERAIS...
JE T'AI ATTENDU, TU SAIS.
JE N'AI MÊME FAIT QUE ÇA...
HUM
J'AURAIS DÛ ÊTRE PLUS RAPIDE. PARDONNE-MOI, SAFU.
SAT
SAT

HOOOO
TES CHEVEUX...
HEIN ? AH... OUI, C'EST VRAI.
IL S'EST PASSÉ PAS MAL DE CHOSES... JE TE RACONTERAI.
TU AS DÛ TRAVERSER TANT D'ÉPREUVES... JE N'OSE MÊME PAS IMAGINER.
TAP
ÇA SONNE COMME DES DERNIÈRES VOLONTÉS.
LE CHEMIN JUSQU'ICI A ÉTÉ UN VRAI CALVAIRE, N'EST-CE PAS ?
MAIS TU N'AS PAS RENONCÉ.
ET ÇA ME SUFFIT... MERCI SHION, MERCI INFINIMENT.

C'EST TOI, NEZUMI ?
C'EST MOI.
ENCHANTÉE... JE SUIS RAVIE DE TE CONNAÎTRE.
JE ME DEMANDAIS QUEL GENRE DE PERSONNE TU ÉTAIS.
MALHEUREUSEMENT, TU NE ME VOIS PAS SOUS MON MEILLEUR JOUR. JE SUIS PLUS BEAU, D'HABITUDE.
...
J'AI UNE QUESTION À TE POSER, SAFU.
C'EST TOI QUI NOUS AS GUIDÉS JUSQU'ICI EN MANIPULANT LE SERVEUR PRINCIPAL ?
...
JE T'ÉCOUTE.
SST

SOUVIENS-TOI, SHION. TU DISAIS QUE QUELQU'UN T'APPELAIT.
OR, SAFU EST BIEN LA SEULE À SOUHAITER QU'ON S'INVITE DANS CETTE PRISON.
CE N'EST PAS MOI.
JE NE DISPOSE PAS D'UN TEL POUVOIR.
ELYURIAS.
DANS CE CAS... QUI EST DERRIÈRE TOUT ÇA ?

ELYURIAS !
ELYURIAS ÉTAIT UNE IMMENSE REINE.
ELYURIAS...
CE NOM DANS LA BOUCHE DE SAFU... COMMENT EST-CE POSSIBLE ?
TU LA CONNAIS ?
NON. MAIS C'EST ELLE...
QUI VOUS A CONDUITS JUSQU'À MOI.
ELLE M'A RÉVEILLÉE... ET M'A RACONTÉ TOUTE LA VÉRITÉ.

TU SAIS OÙ ELLE EST ?
NON...
MAIS ELLE NE PEUT PAS ÊTRE LOIN.
TU CROIS ELYURIAS CAPABLE DE PRENDRE LE CONTRÔLE D'UN SYSTÈME INFORMATIQUE ?
JE NE SAIS PAS... J'IGNORE QUI ELLE EST ET OÙ ELLE EST.
TOUT CE QUE JE SOUHAITAIS, C'ÉTAIT REVOIR SHION. VOILÀ CE QUE JE SAIS.
C'EST ELLE QUI M'A PARLÉ.
ELLE VOULAIT M'AIDER À RETROUVER LA PERSONNE LA PLUS CHÈRE À MON CŒUR.
ELLE T'A PARLÉ ? ELLE ÉTAIT LÀ, AVEC TOI ?
QUE DE QUESTIONS, NEZUMI...

FUT
EN MÊME TEMPS, ON N'EST PAS ICI POUR DISCUTER DE LA PLUIE ET DU BEAU TEMPS.
EXPLIQUE-NOUS POURQUOI CETTE ELYURIAS NOUS A INCITÉS À TE REJOINDRE.
ÇA SUFFIT.
LAISSE-LA TRANQUILLE, NEZUMI.
ON A ATTEINT NOTRE OBJECTIF. MAINTENANT, ON FILE D'ICI.
L'ASCENSEUR QU'ON A PRIS EST LE SEUL PASSAGE, À CET ÉTAGE. IL FAUT QU'ON LE REMETTE EN ROUTE.
TOUS LES ÉQUIPEMENTS DU BÂTIMENT SONT CONTRÔLÉS PAR LE RÉSEAU INFORMATIQUE.
ET QUI TE DIT QUE CE RÉSEAU EST DE NOTRE CÔTÉ ?

ON NE SAIT MÊME PAS QUI EST CETTE ELYURIAS.
...
SAFU.
PEUX-TU NOUS GUIDER JUSQU'AU CŒUR...
DU SERVEUR CENTRAL ?
SAT
こくん，
SUIVEZ-MOI.
HUM
...
NEZUMI ?

TU NE SENS RIEN, SHION ?
HEIN ? DE QUOI TU PARLES ?
CETTE AMBIANCE... DE MALAISE.
PSSS
スゥッ

オオオオオ
SDOOOOOM
JE VOUS PRÉSENTE *MOTHER*.
IL EXISTE UN MODÈLE SIMILAIRE APPELÉ *GRAND-MOTHER*, À LUNÉA.

TOP
TOP
TIP
TIP
TIP
TIP
TU T'EN SORS ?
PAS SÛR.
TIP
TIP
TIP
TIP
ACCROCHE-TOI. UN TYPE AUSSI BRILLANT QUE TOI PEUT AMADOUER N'IMPORTE QUELLE MAMAN OU MAMIE, NON ?
TU ME SURESTIMES, NEZUMI.
LEUR SYSTÈME DE RECONNAISSANCE EST TRÈS POINTU, HÉLAS.
ET TOI, SAFU ?

C'EST PEINE PERDUE, SHION.
PERSONNE NE PEUT APPROCHER *MOTHER*, SAUF SON CRÉATEUR QUI A AUSSI FONDÉ CE LABORATOIRE.
ET LA FAMEUSE ELYURIAS ? ELLE NE PEUT PAS INFLUENCER *MOTHER*, VU SES POUVOIRS ?
C'EST BIEN ELLE QUI A CONTRÔLÉ L'ASCENSEUR ET L'OUVERTURE DES CLOISONS, NON ?
MAIS OUI... ELYURIAS POURRAIT...
FUT
SAFU... ELYURIAS TE PARLE TOUJOURS ?
TU POURRAIS LA CONTACTER, TOI AUSSI ?
FUT
TOF
...

SAFU ?
N'APPROCHE PAS !
BRRR
SHION... TU NE SENS RIEN ?
CETTE AMBIANCE... DE MALAISE.
POURQUOI TU ME REPOUSSES ?
RECULE, S'IL TE PLAÎT...

TOUT CE TEMPS, JE T'AI ATTENDU... J'ESPÉRAIS TELLEMENT...
TELLEMENT FORT... JE VOULAIS TE REVOIR, C'EST TOUT CE QUE JE DÉSIRAIS...
PLIC
ぽろ
ET TON VŒU A ÉTÉ EXAUCÉ !
JE SUIS LÀ, SAFU, DEVANT TOI.
JE SUIS VENU TE SORTIR D'ICI.
VIENS ! QUITTONS CETTE INFÂME PRISON !

VIENS AVEC NOUS.
POURQUOI ?!
POURQUOI TU REFUSES NOTRE AIDE ?!
SAT ふる
SAT ふる
BON SANG, JE SUIS EN TRAIN DE PERDRE MON CALME...

SHION...
TON PULL, SAFU... C'EST TA GRAND-MÈRE QUI L'A TRICOTÉ.
JE N'AI PAS OUBLIÉ, TU VOIS.
AU MOMENT OÙ JE LA RETROUVE, VOILÀ QUE...
HÉ HÉ
C'EST VRAI.
TU M'AS DIT QU'IL M'ALLAIT BIEN.
ET ÇA M'A TOUCHÉE...
ALORS QUE TOUT LE MONDE SE MOQUAIT D'UN PULL TRICOTÉ À LA MAIN.
ET TON PULL RINGARD ?
ON VOIT ÇA QUE DANS LES MUSÉES !
HI HI
HI HI
MAIS TOI, TU M'AS PRISE AU SÉRIEUX.
CE PULL TE VA À RAVIR.
ON VOIT QUE ÇA TIENT CHAUD.
TU AS TOUJOURS ÉTÉ SINCÈRE, ENVERS LES AUTRES ET ENVERS TOI-MÊME... TU ÉTAIS BIEN LE SEUL.

C'ÉTAIT D'UN TRISTE, CES LIEUX D'ÉDUCATION POUR ÉLITES. TELLEMENT NORMÉS ET INSIPIDES... MAIS C'EST LÀ QUE JE T'AI RENCONTRÉ.
C'ÉTAIT COMME UN...
ARRÊTE !
POURQUOI TU ÉVOQUES NOS SOUVENIRS ? CE PULL...
JE TE DEMANDE POURQUOI TU LE PORTES, AUJOURD'HUI...
GNIP
ÇA SUFFIT, SHION.
SHOF

C'EST À TOI D'ARRÊTER.
HEIN ? POURQUOI ?
TU T'EN PRENDS À TON AMIE POUR OUBLIER TON ANGOISSE.
C'EST LÂCHE.
JE SUIS LÂCHE, MOI ?
TU SAIS TRÈS BIEN CE QUI SE JOUE, SHION.
NE SOIS PAS DANS LE DÉNI.
NE DÉTOURNE PAS LES YEUX.
FUIR NE CHANGERA PAS GRAND-CHOSE. RIEN NE SERA PLUS COMME AVANT.

HAA
HAA
NE FUIS PAS, SHION.
PAS MAINTE-NANT.
REGARDE LES CHOSES EN FACE.
C'EST LA RÉALITÉ VIRTUELLE MONTRÉE PAR *MOTHER*.
TU SAIS QU'ELLE N'EST PAS RÉELLE...
CE CORPS N'EST QU'UNE ILLUSION.
TON AMIE N'EST PAS DANS LE MONDE RÉEL.

SAFU N'EST PAS DANS LE MONDE RÉEL.
MAIS... QU'EST-CE QUE ÇA VEUT DIRE ?
PAS DANS LE MONDE RÉEL ?
SON CORPS...
UNE ILLUSION...
UN MIRAGE SANS CORPS NI ÂME.

C'EST LA RÉALITÉ VIRTUELLE MONTRÉE PAR MOTHER...
NON.
SAT ふる
SAT ふる
ÇA NE PEUT PAS ÊTRE MOTHER. SI C'ÉTAIT LE CAS...
ELLE AURAIT REPRÉSENTÉ SAFU TELLE QU'ELLE EST MAINTENANT.
ELLE NE SERAIT PAS ALLÉE CHERCHER CE PULL NOIR DANS SES SOUVENIRS.
C'EST SAFU QUI A CHOISI CE PULL.
NEZUMI... CE N'EST PAS MOTHER QUI EST DERRIÈRE CETTE ILLUSION...
C'EST SAFU ELLE-MÊME.

TU VEUX DIRE QUE SAFU PROJETTE SON IMAGE À TRAVERS *MOTHER* ?
OUI...
N'EST-CE PAS, SAFU ?
À MOINS QUE CE NE SOIT L'ŒUVRE D'ELYURIAS ?
JE VOULAIS QUE TU TE SOUVIENNES DE MOI AVEC CE PULL.
POURQUOI TU PARLES DE ME SOUVENIR DE TOI ?
JE VOUDRAIS QUE, QUAND TU PENSES À MOI, TU ME VOIS AVEC...
TU L'AIMAIS BIEN, CE PULL...
QUE TU GARDES CETTE IMAGE DE MOI... À JAMAIS.

OÙ ES-TU, SAFU ?!
OÙ ES-TU, EN RÉALITÉ ?!
NULLE PART.
FUT
スッ
JE NE SUIS PLUS NULLE PART.
タッ
TAP

JE VOULAIS TE DIRE ADIEU...
ET TE REMERCIER, AUSSI...
POUR TOUT CE BONHEUR...
QUE TU M'AS APPORTÉ.

JE T'AIMAIS, SHION. JE T'AI TOUJOURS AIMÉ.

AH...
SAFU.
CETTE DROITURE...
CETTE BEAUTÉ QUE RIEN NE FAIT DÉVIER DE SA ROUTE, SEMBLABLE À UN OISEAU PRENANT SON ENVOL.
C'EST BIEN ELLE.

ふっ
ZUUM
ガクン
STOF
S'IL VOUS PLAÎT...
DÉTRUISEZ *MOTHER.*
...
こくん
SAT

TU ES D'ACCORD, NEZUMI ?
SI C'EST CE QUE TU SOUHAITES, OUI.
MERCI INFINIMENT.
PAS BESOIN DE ME REMERCIER. DÉTRUIRE *MOTHER*, C'EST COMME TRANS-PERCER...
LE CŒUR DE LA PRISON. J'AURAIS PAS PU RÊVER MIEUX.
ZUUUM

PUSH
TSUKIYO.
TOF
À TOI DE JOUER.
ATTENDS, NEZUMI.
LAISSE-MOI VÉRIFIER CE QU'IL Y A AU BOUT DE CES TUBES.
À QUOI BON ?
TU LE SAIS DÉJÀ, PUISQUE TU AS VU CETTE CHOSE.

BLUP
CLIC
BRAVO.
ON A TROIS MINUTES DEVANT NOUS AVANT QUE ÇA SE DÉCLENCHE.
TROIS MINUTES... VITE. VOUS N'AVEZ PAS UNE SECONDE À PERDRE.

PAM
VIENS AVEC NOUS, SAFU !
TU ES LÀ-DEDANS, C'EST ÇA ?!
SPAM
PAM
JE VAIS TE SORTIR DE LÀ ! ET TU VAS FUIR AVEC NOUS !
JE ME FICHE DE TON APPARENCE...
NON !
NON, SURTOUT PAS !
JE T'EN SUPPLIE, SHION...
NE FAIS PAS ÇA... CE SERAIT TROP CRUEL...
SHOF

SI C'ÉTAIT POUR ME MONTRER DANS CET ÉTAT...
JAMAIS JE N'AURAIS VOULU TE REVOIR.
SAFU...
JE SUIS PRISONNIÈRE, TU COM-PRENDS ? JE SOUFFRE.
DÉTRUIS *MOTHER* ET TU ME LIBÉRERAS.
SAFU, INDIQUE-NOUS LE CHEMIN, SI TU LE CONNAIS.
BIEN SÛR.
CHOP
ALLEZ.

JE T'AIME, SHION.

JE T'AIME PLUS QUE TOUT.

29
ADIEU

TU VERRAS, TOUTE LA PIÈCE EST CONSACRÉE AUX LIVRES.
DES LIVRES ?
OUI, DES VRAIS, PAS DES TEXTES NUMÉRIQUES.

ÇA ALORS... JE N'AI JAMAIS VU AUTANT DE LIVRES...
DE TOUTE MA VIE...

CET ENDROIT EST MON POINT DE DÉPART.
C'EST UN LIEU MIRACULEUX.
IL M'A REDONNÉ VIE. UNE VIE NOUVELLE, COMME UNE RÉSURRECTION.
TOUT A COMMENCÉ ICI.
JE SUIS TELLEMENT HEUREUX DE POUVOIR TE LE MONTRER.

JE TE PRÉSENTE INUKASHI.
UNE PERSONNE PLEINE D'HUMOUR ET TRÈS SYMPA.
SNIF
SNIF
HMM.
TOUTE FRAÎCHE, CETTE FILLE... DRÔLEMENT APPÉTISSANTE.
HÉ HÉ
AVEC ELLE, PAS DE MAL DE BIDE APRÈS L'AVOIR BOUFFÉE.
BON, IL EST UN PEU LANGUE DE VIPÈRE... ÇA SURPREND, AU DÉBUT.
TOUT DOUX !
WOUF
SNIF
MAIS INUKASHI NE MENT JAMAIS. C'EST VRAIMENT QUELQU'UN DE CONFIANCE.

ENCHANTÉE, INUKASHI.
RAVIE DE TE RENCONTRER.
GNNN...
ぐぬぬぬ...
ET IL Y A AUSSI M. RIKIGA, QUI A CONNU...
MA MÈRE, AUTREFOIS. QUELLE SURPRISE, PAS VRAI ?
TOP
POURQUOI TU RIGOLES, SHION ?!

IL EST PLUTÔT DIRECT, AVEC UN PENCHANT POUR LA BOUTEILLE. BREF, IL PASSE SON TEMPS À BOIRE.
CE QUI LUI VAUT LES MOQUERIES DE NEZUMI ET D'INUKASHI, D'AILLEURS.
ILS SONT TELLEMENT DURS AVEC LUI QUE, PARFOIS, JE LE PLAINS, J'AVOUE.
C'EST VRAI QU'IL BOIT TROP, MAIS COMMENT DIRE... C'EST UN ÉMOTIF.
ON DEVINE TOUT DE SUITE CE QU'IL RESSENT.
OH ! VOICI DONC LA FAMEUSE SAFU !

UNE DEMOISELLE AU REGARD INTELLIGENT !
JE SUIS UN AMI DE LONGUE DATE DE LA MAMAN DE SHION.
MON APPART EST MODESTE, MAIS FAITES COMME CHEZ VOUS. THÉ, GÂTEAUX ?
ET PUIS, SURTOUT...
IL FAUT QUE JE TE PARLE DE NEZUMI.
JE TIENS À CE QUE TU FASSES SA CONNAISSANCE.

ON S'EST RENCONTRÉS IL Y A QUATRE ANS, UN SOIR DE TEMPÊTE.
DEPUIS, ON PEUT DIRE QUE JE SUIS SON PRISONNIER.
SAFU... SON REGARD ET SES MOTS ONT TANT DE POUVOIR SUR MOI...
IL ME TOUCHE EN PLEIN CŒUR.
IL M'ACCABLE ET ME SAUVE, TOUT ÇA À LA FOIS.
IL A DÉTERMINÉ LA PERSONNE QUE JE SUIS DEVENUE...
JE LUI DOIS MA NOUVELLE VIE.

SAFU... MON AMIE LA PLUS PRÉCIEUSE...
TU ES IRREMPLAÇABLE.
UN VRAI GAMIN.
CLONC
CLONC
CLONC
CLONC

JE TIENS TANT À TOI...
BIIIIP
ALERTE, ALERTE.
BIIIIP
NIVEAU 5, NIVEAU 5.
BIIIIP
ÉVACUATION D'URGENCE.
BIIIIP
LE PERSONNEL EST PRIÉ DE QUITTER LES LIEUX.
NIVEAU 5, NIVEAU 5.
ÉVACUATION D'URGENCE.

BIIIIP
VOILÀ.
ON S'ENFUIT TOUS LES TROIS.
BIIIIP
BIIIIP
NEZUMI, SAFU ET MOI... SAINS ET SAUFS.
TOP
TOP
BIIIIP
BIIIIP
BIIIIP
ON COURT VERS LA LUMIÈRE DU JOUR.
ENSEMBLE... JE SENS QU'ON VA Y ARRIVER.
ET BIENTÔT, ON SERA DE RETOUR CHEZ NOUS...
DANS CET ENDROIT REMPLI DE LIVRES...

QUI EST GRAVÉ DANS MON CŒUR...
TAP ぴたっ
VENEZ, VITE. JE VAIS VEILLER À CE QUE...
MERCI.
L'ASCENSEUR FONCTIONNE JUSQU'AU COMPTE À REBOURS.
SAFU.
ET TOI...

JE VOUS LAISSE ICI.
SAFU !
NON ! SAFU !
SHION.
MERCI, SHION.
MERCI À TOI AUSSI, NEZUMI.

ADIEU.
ATTENDS ! SA...
SBAM
ARGH !
FFHA

SOF
ス
ッ
ALERTE, ALERTE.
はあ
HAA
NIVEAU 5, NIVEAU 5.
SRR
ずっ
SRR
ずっ
SRR
ずりっ
HAA
はあ、
ÉVACUATION D'URGENCE.
どっ
PLOM
LE PERSONNEL EST PRIÉ DE QUITTER LES LIEUX.
NIVEAU 5, NIVEAU 5.
ÉVACUATION D'URGENCE.
BUUUUM

HAA はあ、
SA... FU...
HAA はあ、
IMPOSSIBLE... DE ME LEVER.
MON CORPS ET MON CŒUR PÈSENT UNE TONNE...
FFH
FFH
COURAGE, ON Y EST PRESQUE.
QU'EST-CE QUE JE FAIS LÀ, NEZUMI ?
PAR TERRE, PARALYSÉ, COMME UN LÂCHE ?

RRRRCS
OÙ EST SAFU ? POURQUOI L'AVOIR ABANDONNÉE ? RÉPONDS-MOI...
ZOF
CLONC
JE SAIS CE QUE TU VAS DIRE : « NE COMPTE PAS SUR LES AUTRES, RÉFLÉCHIS PAR TOI-MÊME. »
MAIS J'AI BESOIN QUE TU ME DONNES LA BONNE RÉPONSE.
CLIC
POURQUOI JE SUIS LÀ ?
POURQUOI JE ME RETROUVE ICI SANS SAFU ?
DIS-LE-MOI, NEZUMI.

DIS-MOI...
SATISFAITE ?
C'EST TOI, ELYURIAS, N'EST-CE PAS ?
ES-TU SÛRE DE TON CHOIX, SAFU ? EN ES-TU SATISFAITE ?
OH... EH BIEN...

PLIC
SHION.
IL A DISPARU, PUIS...
SHION.
IL EST VENU JUSQU'À MOI.
JE CROYAIS QUE LE REVOIR ME SUFFIRAIT... ALORS POURQUOI JE RESSENS DE LA PEINE ?
SST

SHION... POURQUOI EST-CE NEZUMI QUI SE TIENT À TES CÔTÉS ?
POURQUOI LUI ET PAS MOI ?
JE N'ÉTAIS DONC PAS AUTORISÉE À VIVRE AUPRÈS DE TOI... MAIS POURQUOI ?
À DÉFAUT DE VIVRE AVEC LUI, TU AURAIS PU MOURIR AVEC LUI.
MAIS CE N'EST PAS CE QUE TU SOUHAITAIS, PAS VRAI ?

SAT
ふる
SAT
ふる
NON, CERTAINE-
MENT PAS.
JE VEUX QU'IL
VIVE... ET QU'IL
CHANGE LE MONDE.
QU'IL EN FASSE
UN ENDROIT
OÙ IL N'Y AURA
PLUS TOUTES
CES MORTS
ABSURDES.
TU DOIS VIVRE,
SHION.
PROFITE PLEINEMENT
DE TON EXISTENCE.

ELYURIAS, QUE VAS-TU DEVENIR ?
TU ES LIBRE, TOI AUSSI.
HI
OUVRE GRAND LES YEUX...
HI
HI
HI
ET TU VERRAS.
EN EFFET... C'EST L'HEURE.
COMMENT ÇA ?
TU VERRAS, SAFU.
C'EST L'HEURE, JE DOIS PARTIR.

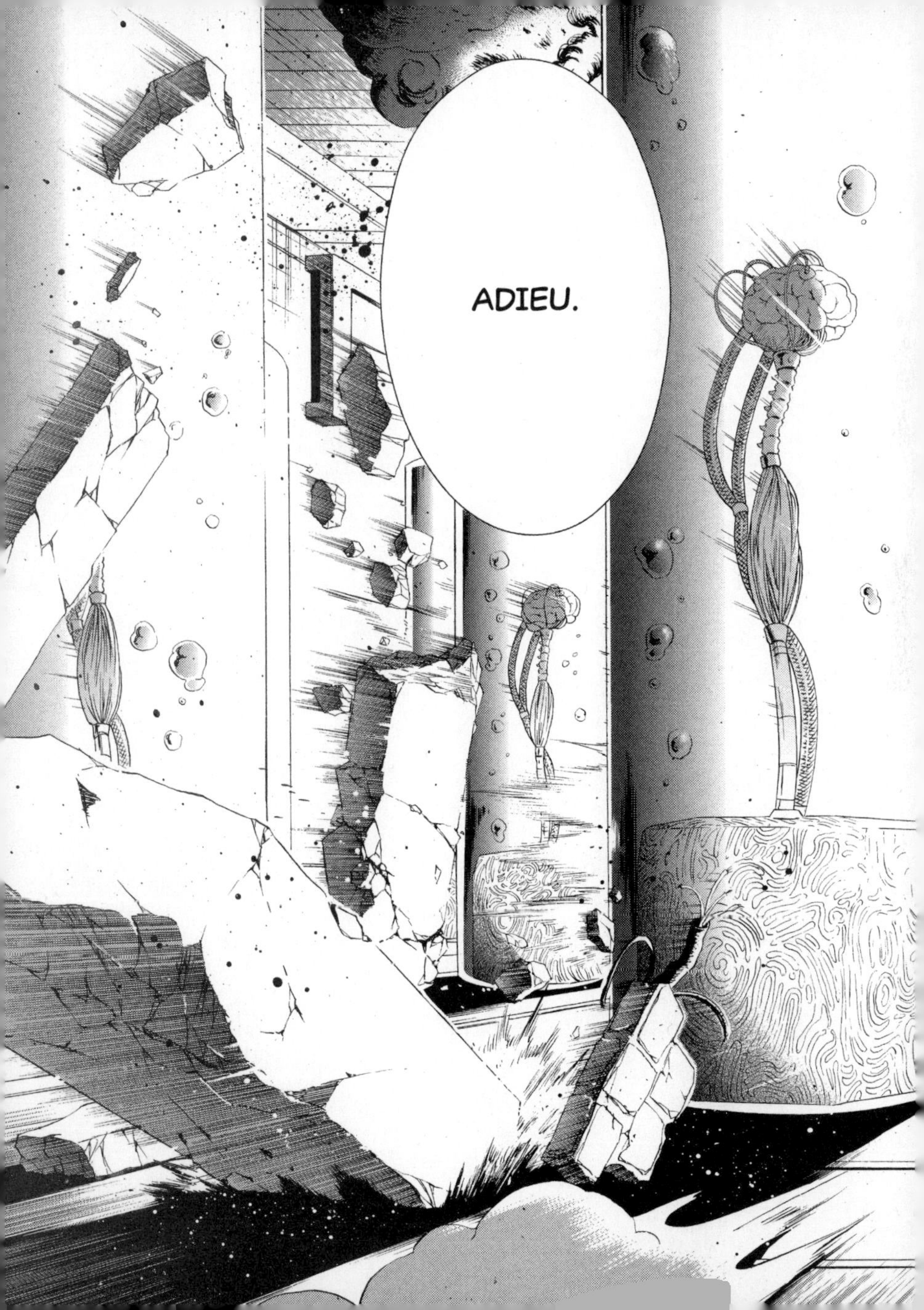
ADIEU.

BAOM

CRASH
ガラ
CRAC
ガラ
HAA
はっ
HAA
はっ
HAA
はぁっ
HAA
はぁっ
PLIC
ぽたっ

!!!
BAMSH
BOUM
CRASH
BAOM
BAOM

SHPOOO
GRIP
EN BAS, SHION ! FAUT SE TIRER D'ICI !
TAP
TAP
TAP

UN INCENDIE !
AU SECOURS ! MON BRAS !
APPELEZ UN MÉDE-CIN !
ÇA A EXPLOSÉ QUELQUE PART ! ON N'A PLUS AUCUN CONTRÔLE…
À L'AIDE !
DÉGAGE !
LES PORTES AUTOMATIQUES SONT COINCÉES ! ON A DE L'ÉLECTRICITÉ ?
L'ASCEN-SEUR NE MARCHE PAS !
PRENEZ LES ESCALIERS !
IL EST COUVERT DE SANG ! AU SECOURS !

ザーッ
BASSSH
ああああーあ
AAAAAH
LES VC ! LES DÉTENUS S'ÉCHAPPENT !
TOUT LE SYSTÈME EST MORT.
LA PRISON N'A PLUS DE RAISON D'ÊTRE.
AVEC LES PRISONNIERS QUI SE FONT LA MALLE, C'EST LA PANIQUE.

C'EST LE MOMENT DE FILER !
SHAF
VIENS, SHION !
GRIP
TU FAIS QUOI, LÀ ?! ON NE TRAÎNE PAS !
POURQUOI L'AVOIR TUÉE ?

NEZUMI... RÉPONDS.

SAFU...
POURQUOI L'AS-TU TUÉE ?

30 AU CŒUR DU CHAOS

N°6

SAFU...
BOBOM
BOBOM
BOBOM
POURQUOI L'AS-TU TUÉE ?
BOBOM

ON EST VENUS ICI...
POUR LA SAUVER, TU TE SOUVIENS ?
PAS POUR LA TUER...
SHION.
SAFU ÉTAIT VIVANTE !
C'ÉTAIT TROP TARD.
ELLE ÉTAIT DÉJÀ...

ELLE ÉTAIT VIVANTE ! ELLE ÉTAIT LÀ, DEBOUT, DEVANT MOI.
CE N'ÉTAIT PAS ELLE ! C'ÉTAIT JUSTE UN MIRAGE, ET TU LE SAIS, AU FOND DE TOI !
NON ! NON ! NON !
ELLE ÉTAIT EN VIE !

NEZUMI.
QUELLE QUE SOIT SON APPARENCE, HEIN...?
SAFU ÉTAIT VIVANTE, C'EST SÛR ET CERTAIN, QUELLE QUE SOIT SON APPARENCE.
OUI... ET JE DEVAIS À TOUT PRIX LA SAUVER.
GNIP
SHION.
MOTHER ET ELLE NE FAISAIENT PLUS QU'UN...
ET ELLE A CHOISI DE DISPARAÎTRE AVEC ELLE.
C'EST POUR ÇA QUE TU L'AS TUÉE ?

QU'EST-CE QU'ON ÉTAIT CENSÉS FAIRE D'AUTRE ?!
TU COMPRENDS PAS CE QU'ELLE VOULAIT ?
ELLE NOUS A APPELÉS DANS L'ESPOIR DE TE REVOIR !
ET AUSSI... ELLE ESPÉRAIT QUE TU LA TIRES DE LÀ.
JE PARLE PAS DE QUITTER LA PRISON... ELLE SAVAIT BIEN QUE SON SORT ÉTAIT SCELLÉ.
CE QU'ELLE VOULAIT, C'ÉTAIT QUE TU LA SORTES DE CETTE SITUATION ABOMINABLE.
ELLE SOUFFRAIT...
ET ELLE T'A DEMANDÉ DE LA LIBÉRER.
KOF
げほ
ZUT...

TU EN AS PROFITÉ.
QUOI ?
TU AS PROFITÉ DE SAFU POUR ANÉANTIR L'ORDINATEUR CENTRAL.
DEPUIS LE DÉBUT, TON OBJECTIF, C'ÉTAIT DE DÉTRUIRE...
LA PRISON ET DE POUSSER N°6 À L'EFFONDREMENT.
HSST
IL N'Y A JAMAIS EU QUE ÇA.
VOILÀ POURQUOI TU N'AS PAS HÉSITÉ UNE SECONDE À DÉTRUIRE *MOTHER*.
ET SAFU, EH BIEN... TU L'AS SACRIFIÉE POUR PARVENIR À TES FINS.
...

J'AI PROFITÉ D'ELLE, MOI ? JUSQU'À LA SACRIFIER ?
C'EST VRAIMENT CE QUE TU PENSES, SHION ?
EST-CE QU'IL SE TROMPE ?
RÉFLÉCHIS... TU NE T'ES PAS SERVI D'ELLE, VRAIMENT ?
TA PRIORITÉ N'ÉTAIT-ELLE PAS D'ALLER AU BOUT DE TON RÊVE, PLUTÔT QUE DE SAUVER CETTE FILLE ?
ALORS ?
ALORS ?
ALORS ?
TATATATATAM
OUAAAH !

TA TA TA TA TA
TOUT EST OUVERT !
ON SE CASSE !
STOP ! À TOUS LES CONDAMNÉS À MORT !
ARRÊTEZ-VOUS OU ON TIRE !
STAM
PAS QUESTION !
TAP TAP
ON S'ARRÊTE PAS !
DE TOUTE FAÇON, ON SE FERA BUTER !
C'EST DANGEREUX PAR ICI, SHION.
CHOP
TOF

FUT ずる
FUT ずる
NEZUMI… JE SUIS DÉSOLÉ.
PARDONNE-MOI.
JE… JE…
JE SAIS BIEN QUE TU N'AVAIS PAS LE CHOIX… TU AS JUSTE SUIVI TON PLAN, C'EST TOUT.
EN FAIT…
C'EST MOI QUI AURAIS DÛ FAIRE QUELQUE CHOSE.
MAIS JE N'AI PAS PU… J'AVAIS TROP PEUR…

JE ME SUIS ENCORE REPOSÉ SUR TOI. JE T'AI IMPOSÉ MA VOLONTÉ, JE T'AI OBLIGÉ À TE SALIR LES MAINS...
ET AU LIEU D'ADMETTRE MA FAIBLESSE, JE T'INONDE DE REPROCHES...
C'EST MOI QUI T'AI ENTRAÎNÉ DANS CETTE HISTOIRE. PAREIL POUR INUKASHI ET M. RIKIGA.
ET VOILÀ LE RÉSULTAT... NEZUMI...
ON N'EST PAS VENUS ICI POUR DÉTRUIRE...
MAIS POUR SAUVER.
ET POUR-TANT...
SI, C'ÉTAIT POUR DÉTRUIRE.

TU AS RAISON. MON SEUL BUT, C'ÉTAIT DE DÉTRUIRE LE PÉNITENCIER.
JE N'AVAIS AUCUNE INTENTION DE SAUVER SAFU.
NEZUMI...
J'AVAIS BESOIN DE TOI...
DE TON JUGEMENT ET DE TA MÉMOIRE POUR PROGRESSER SUR LE TERRAIN.
SAT
ふいっ
TU ÉTAIS MA DERNIÈRE CARTE, LA PLUS PUISSANTE.
ET MAINTENANT...
わあああ
AAAAH

REGARDE CE CHAOS. IL N'Y AURA BIENTÔT PLUS DE PRISON.
JE ME SUIS SERVI...
DE SAFU ET DE TOI POUR ARRIVER À MES FINS.
JE NE TE DEMANDE PAS DE ME PARDONNER, VU LA GRAVITÉ DE MON CRIME...
ふらっ...
OUH...
MAIS ENFIN... QU'EST-CE QUE TU RACONTES ?
QU'EST-CE QUE TU DIS, BON SANG ?! JE N'Y COMPRENDS PLUS RIEN !

KIII !
À TERRE,
SHION !
PUSH

ÇA BRÛLE.

VA-T'EN, SHION.
VITE...

NEZUMI !

TOC
TOC
KARAN ? TU ES LÀ ?
ZZZ
ZZZ
CLAC
YÔMIN… COMMENT VA RENKA ?
JE LUI AI DONNÉ UN CALMANT, TU AURAIS VU SON ÉTAT… C'ÉTAIT AFFREUX.
TSS
« GETSU-YAKU N'EST PAS REVENU. IL S'EST PASSÉ QUELQUE CHOSE. »
C'EST CE QU'ELLE RÉPÉTAIT EN BOUCLE.
MAIS SI C'ÉTAIT LIÉ À SON TRAVAIL, SES COLLÈGUES L'AURAIENT CONTACTÉE, NON ?
JUSTEMENT, RENKA IGNORE OÙ IL TRAVAILLE.
ELLE LUI A SOUVENT POSÉ LA QUESTION, MAIS IL A TOUJOURS REFUSÉ DE LE LUI DIRE, DE PEUR DE SE FAIRE RENVOYER.
HA
UN EMPLOI QU'ON DOIT TENIR SECRET, MÊME AUPRÈS DE SA FAMILLE…

C'EST FORCÉMENT LA PRISON...
...
ET LA DISPARITION DE GETSUYAKU AURAIT UN LIEN AVEC CE QUI SE PASSE À N°6.
COMMENT ÇA ?
S'IL EST EMPLOYÉ AU PÉNITENCIER...
IL Y A PEUT-ÊTRE UN SOUCI, SUR PLACE.
C'EST LOGIQUE, NON ?
YÔMIN ?
STAM
ÇA NE CONCERNE PAS SEULEMENT LA PRISON... C'EST TOUTE LA CITÉ QUI VACILLE SUR SES BASES.

LES CITOYENS TOMBENT COMME DES MOUCHES ET LES AUTORITÉS NE FONT RIEN... PARCE QU'ELLES SONT IMPUISSANTES.
UNE PEUR INCONNUE EST EN TRAIN DE S'IMMISCER ENTRE SES MURS...
ET LA POPULATION COMMENCE À CRITIQUER LA MAIRIE.
LE DOUTE GRANDIT... ET BIENTÔT, CE SERA LA FIN !
YÔMIN...
CE REGARD... JE L'AI DÉJÀ VU...
CHEZ LES FONDATEURS DE N°6...
QUAND ILS PARLAIENT DE LA CRÉATION D'UNE VILLE IDÉALE...

YÔMIN... QUE COMPTES-TU FAIRE ?
STOP
ぴたり
À TOI, JE PEUX TOUT DIRE.
JE VAIS M'ADRESSER À LA POPULATION VIA LES RÉSEAUX.
LES AUTORITÉS LAISSENT MOURIR LES CITOYENS !
LES DIRIGEANTS, EUX, ONT REÇU UN VACCIN QUI LES IMMUNISE CONTRE CE FLÉAU !
C'EST INACCEP-TABLE !
TOUS À LUNÉA ! QUE LE MAIRE S'EXPLIQUE !

ATTENDS, C'EST QUOI, CETTE HISTOIRE DE VACCIN ?
TU VEUX DONC TERRIFIER LES GENS AVEC UNE FAKE NEWS ?!
EXACTEMENT ! ON A UNE CHANCE ET IL FAUT LA SAISIR !
C'EST LE MOMENT DE RENVERSER CETTE VILLE PURULENTE BASÉE SUR DES MEN-SONGES !
NON ! NE FAIS PAS ÇA !
N°6 NE PARDONNE JAMAIS À CEUX QUI S'OPPOSENT À ELLE !
ET S'ILS MOBILISAIENT L'ARMÉE ?!
TU PLAI-SANTES ? N°6 N'A PAS D'ARMÉE.
LA CONVENTION DE BYBALON BANNIT TOUTE INSTITUTION MILITAIRE.
ET N°6 LA RESPECTERAIT À LA LETTRE ?
...
ALLONS... TOI NON PLUS, TU N'Y CROIS PAS.

HUM
DES GENS VONT MOURIR.
ON N'Y PEUT RIEN.
PARDON ?
ÉCOUTE, KARAN. LE MONDE EST EN TRAIN DE CHANGER.
ET PAS DE CHANGEMENTS SANS SACRIFICES.
JE VAIS ENFIN...
POUVOIR VENGER MA FEMME ET MON ENFANT.

TA FEMME N'AURAIT JAMAIS SOUHAITÉ UNE TELLE VENGEANCE.
TAP
コッ
TAP
コッ
QUEL DOMMAGE, KARAN. MOI QUI PENSAIS QU'ON SE COMPRENAIT, TOUS LES DEUX.
SAF
YÔMIN...
CRR
ギィ
JE TE CONFIE LILY ET RENKA. COMME JE RISQUE D'ÊTRE ABSENT UN BON MOMENT...
CLAP
パタン
TOF
がくん
SHION... OÙ ES-TU ? QUE DEVIENS-TU ?

ACCROCHE-TOI À LA VIE, SHION. C'EST UN BIEN SI PRÉCIEUX.
VEILLE SUR LA TIENNE ET SUR CELLE DES AUTRES.
"BIENTÔT LES RETROUVAILLES, JE LE PROMETS."
S'ACCROCHER... C'EST ÇA. NE BAISSONS PAS LES BRAS.
QU'ON PUISSE SE REVOIR, QUELLE QUE SOIT LA SITUATION.
くあっ
FHAAAA
ON VA POIREAUTER ENCORE LONG-TEMPS ?

FRANCHEMENT, ATTENDRE SANS RIEN FOUTRE DANS UN TROU PAREIL...
SHAC
SHAC
IL EST NUL, CE FLINGUE.
CLAC
VA T'EN DÉGOTER UN AUTRE, SI T'ES PAS CONTENT.
T'IMAGINES PAS COMME JE ME SUIS DÉCARCASSÉ POUR TROUVER CES ARMES.
GROOOO
GROOOO
AH BON ? JE CROYAIS QUE LE GRAND RIKIGA LES AVAIT OBTENUES LES DOIGTS DANS LE NEZ, GRÂCE À SON RÉSEAU.
QUELLE DÉCEPTION.
GROOOO
RAAAH
HA ! J'ADORE VOUS DÉCEVOIR, EVE ET TOI !
RAAAH
SI BÉBÉ SHION NE ME VOIT PAS AU RÉVEIL, BONJOUR LA CATA...
SHAC
SHAC
SAT
SAT

FLAP
カサ
ENSUITE,
LA CLÉ SERA
PRÉPAREZ VOS ARMES
REDOUBLEZ DE VIGILANCE.
RESTEZ SUR VOS GARDES.
FUYEZ.
DONC ON POURRAIT TOMBER SUR...
DES GARS DU MAINTIEN DE L'ORDRE ?
MAIS CES TYPES N'IRAIENT JAMAIS JUSQU'AU SERVICE D'ENTRETIEN.
TOF
PRÉPAREZ VOS ARMES.
REDOUBLEZ DE VIGILANCE.
RESTEZ SUR VOS GARDES.
S'ILS ONT ÉLIMINÉ GETSUYAKU, JUGÉ SUSPECT...
ALORS L'ESPACE DE GESTION SANITAIRE EST MAINTENANT SOUS HAUTE SURVEILLANCE.
VOUSH

STOM
QUE... QUOI ?
GRRRR
STAP
GRRRRR
GRRRRR
GRRRRR
ON A DES INVITÉS, LE VIEUX.
AH !
OUCH !
SHAF
DES INVITÉS QU'ON N'ATTEN-DAIT PAS.
BLONC
!!!
DE L'AUTRE CÔTÉ AUSSI ? BON SANG !

TAP
PAR ICI !
BLAM
C'EST BLOQUÉ !
C'EST LÀ, INUKASHI ! J'ACTIONNE L'INTERRUPTEUR !
BAM
BIIIP
SDOOOM
C'EST BON !
TOM
TOM
TOM
TOM

HUMPF ! QUELLE PUANTEUR !
SAT !
C'EST À VOMIR.
UN, DEUX, TROIS, QUATRE... ILS SONT QUATRE.
SUIS-MOI, LE VIEUX !
OUH LÀ !
ÇA SCHLINGUE !

DES AGENTS DU MAINTIEN DE L'ORDRE, ÇA ? AUSSI ARROGANTS QUE FRAGILES, OUI !
PAN
IL NE FAUT PAS GRAND-CHOSE POUR LES DÉGOÛTER...
OUPS !
PLOM
CE QUE T'ES NUL ! VISE, AU MOINS !
COMME SI JE M'Y CONNAISSAIS ! VAS-Y, TOI, TIRE !
NAN ! MOI, JE SUIS UN PHILANTHROPE PUR ET DUR !
TU CROIS CONVAINCRE QUI, LÀ ?! TIRE DONC DANS LE TAS !
TAM
TAM

CE TUNNEL EST LA SEULE ISSUE.
ET CES TYPES NOUS BARRENT LE PASSAGE... ON EST COINCÉS.
ILS VONT FINIR PAR NOUS ATTAQUER... ET LÀ...
INUKASHI.
QU'EST-CE QU'ILS FABRIQUENT ?
HEIN ?
GROOO
GROOO
GROOO

LES ONDES... LES ONDES TUEUSES...

UNE ARME QUE N°6 A UTILISÉE DANS SA CHASSE AUX HUMAINS.
HEIN ? C'EST QUOI, CE MACHIN ?
ET ILS COMPTENT NOUS BALANCER ÇA DANS LA TRONCHE ?!
POSE-LEUR DONC LA QUESTION !
C'EST EUX QUI ONT LA RÉPONSE, PAS MOI !
RATATATATA
PIM
PIM
PASH
AAAAH
TU PROPOSES QUOI, INUKASHI ?! PARCE QU'ON DIRAIT BIEN QU'ON EST FICHUS !
PEUT-ÊTRE… MAIS PAS QUESTION DE CREVER ICI !
JE NE SUIS PAS NÉ POUR MOURIR DANS UN ENDROIT PAREIL !

BOUGE !
BOUGE, INUKASHI.
GRRR

BOUGE, SI TU VEUX VIVRE !
YAAAAAH

N°6

31 VENT NOCTURNE

N°6

SHOM
KAI !
TA TA TA TA TA RA
BANDE D'ASSAS-
SINS DÉBILES !
VOUS PÉTEZ
PLUS HAUT QUE
VOTRE CUL !
SALES VOLEURS !
RENDEZ-MOI
CE QUE VOUS
M'AVEZ PRIS !

ドガガガガガガガガ
RA TA TA TA TA TA
ZOUF
ずるっ
AÏE !
PAN
PAN
ギュイン
ドてっ
PLOM
OUF
C'EST PAS PASSÉ LOIN.
NE BOUGEZ PAS, BANDE DE RATS.
ON VA VOUS NETTOYER... PRÊTS ?
GZIIIM

MAIS... C'EST DÉJÀ FINI ?
ON N'A PLUS QU'À MOURIR, ALORS ?
GZIIIIM
MERDE ! CE N'ÉTAIT PAS PRÉVU, ÇA !
FAIS QUELQUE CHOSE, NEZUMI ! BON SANG, MAGNE-TOI !
CLASH

BIIIIP
ALERTE, ALERTE.
NIVEAU 5, NIVEAU 5.
NIVEAU 5 ?! QU'EST-CE QUI SE PASSE ?!
BOUM
HÉ ! ÇA A PÉTÉ, LÀ-HAUT ?!
ON VOIT PLUS RIEN !
BIIIP
ÉVACUATION D'URGENCE.
LE PERSONNEL EST PRIÉ DE QUITTER LES LIEUX.
TAP
RA TA TA TA TA TA
ENFOIRÉS D'ABRUTIS !
AAAAH !
GRRR !
GRRRR !
BOUM
NIVEAU 5, NIVEAU 5.
ÉVACUATION D'URGENCE.
C'EST TROP DANGEREUX, ON SE CASSE !
OUAIS ! TOUS À L'ABRI !

TAP ばたばた TAP
BOUM ドオン
HAA.
HAA.
BASH ドオン
HAA.
PLOM がくんっ
HAA...
HAA...
SAUVÉ.
AOUH...
OUI... ON EST TIRÉS D'AFFAIRE.

CHOP
AH, CETTE CHALEUR...
JE NE SUIS PAS ENCORE MORT.
SST
INU-KASHI...
ON DIRAIT BIEN QU'ILS ONT DÉCAMPÉ.
...
LE VIEUX...
PFFF
ÇA FAIT UN MOMENT QU'ON T'AVAIT PAS VU.
T'ÉTAIS PARTI FAIRE LES COURSES POUR LE DÎNER ?
FROT FROT
BOUM
JE T'AI DIT QUE J'ÉTAIS PHILANTHROPE.
BOUM

BOUM
AAAAAH
BOUM
AAAAAH
NEZUMI, SHION… C'EST VOUS, PAS VRAI ?
CETTE PRISON EST DEVENUE UNE VRAIE POUDRIÈRE !
ET CES HURLEMENTS, QUI RÉSONNENT DE PARTOUT…
LA PRISON POURRAIT ÊTRE RAYÉE DE LA CARTE…
TANT MIEUX, ÇA SE FÊTE.
BAM
SI L'IMMEUBLE S'EFFONDRE, COMMENT…
ON VA CHOPER LES LINGOTS ?
MAIS ENFIN, PÉPÉ… TU AS VRAIMENT GOBÉ CETTE HISTOIRE ?
COMMENT ÇA ? JE LA TIENS D'UNE SOURCE SÛRE, DONC PAS DE RAISON DE DOUTER.
AHUM…
C'EST LOGIQUE… ET TA SOURCE, CE NE SERAIT PAS UNE PROSTITUÉE ?
SI.

SI J'ÉTAIS FAN DE THÉÂTRE AVEC UN FAIBLE POUR UN MIGNON PETIT ACTEUR PRÉNOMMÉ EVE...
ET QU'IL ME SOUFFLAIT, DE SA DOUCE VOIX, DE FAUSSES INFOS À L'OREILLE... JE FERAIS PASSER LE MESSAGE À QUI VEUT BIEN L'EN-TENDRE.
EEEUH
ずるっ
N'IMPORTE QUOI ! POURQUOI EVE FERAIT UN TRUC PAREIL...?
POUR TE MOTIVER.
IDEM AVEC MOI, D'AILLEURS.
DE L'OR, C'EST TELLEMENT TENTANT...
UN ARGUMENT SIMPLE ET EFFICACE.
...
ET TOI, POURQUOI TU AS ACCEPTÉ ?
ALORS QUE TU SAVAIS ?
QU'EST-CE QUE TU FAIS LÀ, À JOUER TA VIE ?
JE T'AVOUE QUE JE N'EN SAIS TROP RIEN.

MAIS LÀ... CE QUE JE CROYAIS INDES-TRUCTIBLE TOMBE EN MIETTES.
CE QUE JE CROYAIS IMPOSSIBLE À CHANGER EST EN TRAIN DE CHANGER...
ET ÇA VAUT BIEN TOUS LES LINGOTS DU MONDE.
PFF
OK DONC... TU M'AS MENTI, TOI AUSSI.
TU COMPTES FAIRE QUOI, MAINTE-NANT ?
JE VAIS ATTENDRE...
COMME UN BRAVE TOUTOU.

AU PIRE, JE ME SERVIRAI DANS LES OBJETS DE VALEUR DE LA PRISON !
ET VOUS BOSSEREZ POUR MOI GRATOS À VIE, EVE ET TOI !
CE VIEUX BRISCARD AUSSI...
AIMERAIT CROIRE AU RETOUR DE SHION ET NEZUMI.
EN TOUT CAS, LA CHUTE EST POUR BIENTÔT.
GNIP

SPOM
NEZUMI...

HA はっ
BAOM
AAARGH !
SHAC
GNIP
AU FOND, C'EST LA SALLE DE GESTION SANITAIRE...
IL DOIT Y AVOIR UNE INFIRMERIE OU QUELQUE CHOSE COMME ÇA.

SRR
ずっ
SRR
ずっ
はっ
HA
どさっ
POMF
NEZUMI !
NEZUMI ! TU M'ENTENDS ?
ばっ
SHAF

OH NON...
NON...
PLIC ぼたっ
PLIC ぼたっ
PAS DE PANIQU
L'IMPORTANT, C'
DE RESTER CAL
J'AI BEAU LE SAVOIR, IMPOSSIBLE DE BOUGER.
MON CORPS ET MON CERVEAU SONT COMME PARALYSÉS.
NEZUMI... JE T'EN PRIE, OUVRE LES YEUX.

IMBÉCILE.
UN BON À RIEN, JUSTE UN INCAPABLE.
UN INTELLO DE PACOTILLE, NAÏF ET LÂCHE.
QUI... QUI PARLE ?
MÊME PAS FICHU DE DÉFENDRE CE QUI T'EST LE PLUS CHER... TU NE FAIS QUE PLEURNICHER, SANS ESSAYER DE LE SOIGNER.
POURQUOI ES-TU RESTÉ AUPRÈS DE LUI, ALORS ?
TU N'ES TOUJOURS QU'UN MEMBRE DE L'ÉLITE, UN BÊTE PRIVILÉGIÉ...

C'EST ÇA QUE TU VEUX, SHION ?
PERDRE NEZUMI ?
AH...
SHAF
ばっ
IL RES-PIRE.
SON CŒUR BAT.
ぱっ
FUT
DÉSINFEC-TANT, COMPRESSES, ANTIDOULEUR, EAU STÉRI-LISÉE, SERINGUES, PINCES...
GAZE, COTON ABSORBANT... IL Y A TOUT CE QU'IL FAUT POUR LES PREMIERS SECOURS..
ガチャ
ガチャ
FOSH

RESTE CALME.
ET AGIS !
BLANC
JE NE PEUX PAS ME PERMETTRE D'HÉSITER.
JE REFUSE QU'ILS ME PRENNENT NEZUMI.
C'EST HORS DE QUESTION.
TU M'ENTENDS, NEZUMI ?
TU COMPRENDS CE QUE JE TE DIS ?
RASH
BIEN SÛR QUE TU M'ENTENDS... ET QUE TU ME COMPRENDS.

TU AS TOUJOURS LU EN MOI COMME DANS UN LIVRE OUVERT.
SHION ...
SOUS L'ÉPAULE, EN HAUT DU BRAS. LA BALLE...
N'A PAS TRAVERSÉ ET L'AR-TÈRE N'EST PAS SECTION-NÉE.
TU AS SAISI MES MOTS... TU EN AS PERÇU LE SENS ET TU AS RÉPONDU.
TU VEUX PAS VIVRE ?
À MON TOUR DE TE FAIRE REVENIR.
SHION.
OUVRE LES YEUX !

JE VAIS TE RAMENER
À MOI, MÊME SI
C'EST DE FORCE.
NEZUMI !
FFH

COMBIEN DE TEMPS VA-T-IL TENIR ?
SANS SOINS ADAPTÉS, JE LUI DONNE TROIS HEURES... OU MÊME DEUX.
OUH...
NEZUMI ! TU M'ENTENDS, NEZUMI ?
FUT
SHION...
ACCROCHE-TOI !
JE T'EMMÈNE À L'HÔPITAL ! NE T'ENDORS PAS ! COURAGE !
SHION...
JE NE PEUX PLUS... BOUGER...
AUCUN PROBLÈME, JE VAIS T'AIDER !

SHOF
SRR ずっ
SRR ずっ
BRASH
BROOOSH
!!!
COMMENT SORTIR DE CET ENFER ?!
SHION...

LE VIDE-ORDURES...
PAR LE VIDE-ORDURES !
IL A RAISON.
TIENS BON, NEZUMI. SURTOUT, RESTE RÉVEILLÉ.
FUIS... VITE...
COMME SI J'ALLAIS M'OFFRIR UNE PAUSE DANS UN ENDROIT PAREIL !
NON... SHION...
À DEUX... ON N'Y ARRIVERA PAS...
QUOI ? QU'EST-CE QUE TU RACONTES ?

COURS...
COURS... ET LAISSE-MOI...
IDIOT !
TU PLAISANTES ?!
TU VEUX QUE JE T'ABANDONNE ?
C'EST COMME ÇA QUE TU ME VOIS ?!

BAM
JE SAURAI TE PROTÉGER ! JE VAIS RÉUSSIR À NOUS TIRER DE LÀ TOUS LES DEUX !
ARRÊTE DE TE MOQUER DE MOI.
VIENS, TSUKIYO !
TAP
KIII
SRR
SRR
LÀ-BAS, JE VOIS DES ESCALIERS... DONC LE VIDE-ORDURES DOIT ÊTRE...

STAM
HAA
HAA
CLONC
KOF !
KOF !
PLOM
ZOUF
NON... PAS QUESTION DE LÂCHER MAINTENANT !
CE N'EST PAS LE MOMENT...
KOF !
KOF !
NEZUMI.
TU VEUX BIEN ME JOUER MACBETH ?

MACBETH ? QUELLE SCÈNE ?
L'ACTE V, SCÈNE V. QUAND MACBETH APPREND LA MORT DE SA FEMME.
LE VENT GRONDAIT, DEHORS, FAISANT OSCILLER LES FLAMMES.
POURQUOI MACBETH ?
J'AVAIS TELLEMENT ENVIE DE T'ENTENDRE RÉCITER CE TEXTE.
VA SAVOIR... UNE ENVIE, D'UN COUP, DE T'ÉCOUTER EN MACBETH.
ÇA T'EMBÊTE ?
J'IGNORE POURQUOI.
NON, ÇA ME GÊNE PAS.
PEUT-ÊTRE JUSTE LE DÉSIR D'ENTENDRE TA VOIX... DE ME LAISSER ENVAHIR PAR TON SOUFFLE.
LES PAROLES DE MACBETH VOUÉ AU DÉSESPOIR M'ONT AUSSITÔT EMPORTÉ AVEC ELLES.

ÉTEINS-TOI, ÉTEINS-TOI, COURT FLAMBEAU ! LA VIE N'EST QU'UNE OMBRE QUI MARCHE, ELLE RESSEMBLE À UN COMÉDIEN QUI SE PAVANE ET S'AGITE SUR LE THÉÂTRE UNE HEURE.

オオオオ
SDOOOM
ON RENTRE, NEZUMI.
TOP
ON RETOURNE CHEZ TOI.
WHOOOOOSH

KIIIII
KIIIII !
KIIIIII !
BAM
QU'EST-CE QU'IL Y A ?
BOUM
VOUS VOULEZ QU'ON FASSE QUOI ? OÙ EST VOTRE MAÎTRE ?
KSIII !
BAOUM
KOF !
KOF !
KIIIII !
LE VIDE-ORDURES ?
OH
SOF
AIDE-MOI, LE VIEUX !
GLOUPS
PAF
HEIN ? QU'EST-CE QUI SE PASSE ?

ILS ARRIVENT ! AIDE-MOI !
OH... OK !
ON VA EMPILER CES MATELAS, MAGNE-TOI !
EUH... SHION ET NEZUMI SONT VRAIMENT EN ROUTE, TU CROIS ?
MAIS COMMENT...
ぼすん
SPOUF
TU LA FERMES ET TU TE BOUGES ! NON, MAIS !
REVIENS, NEZUMI.
REVIENS, SHION.

ビュウ VIUUUUUU
JE VOUS EN SUPPLIE, LES GARS.
PAR TOUS LES DIEUX... VEILLEZ SUR EUX.
FUT へっ
S'IL VOUS PLAÎT.
ぽすっ SPOF
KI
TSUKIYO !

!!!
BLOM
SILENCE...
URGH !
GHHH !
FUT

SHION !
EVE !
À SUIVRE

N°6

Bonjour, je suis Hinoki Kino.
N°6 en est déjà à son 8ᵉ tome. Merci de votre fidélité !
Il y a tellement de scènes dont j'aurais aimé parler ici, mais une postface ne suffit pas !
Une fois encore, le volume 8 japonais a bénéficié d'une édition de luxe, avec un livret incluant des illustrations en couleurs et un chapitre inédit. Certaines de ces illustrations ont fait la couverture du magazine *ARIA*. Faites-vous plaisir !
J'adore Safu. Son amour pour Shion, sa fidélité, son entêtement, la justesse de ses mots… Elle a beau avoir le statut de citoyenne, elle n'en a pas moins gardé son esprit critique et toute sa volonté. J'ai beaucoup de respect pour elle. C'était une femme forte et merveilleuse, depuis sa prise de parole marquante du premier tome jusqu'à ses derniers instants. Merci, Safu… Tu seras à jamais dans mon cœur.
L'histoire atteint enfin son paroxysme. Je mets toute mon âme dans chacune de ces pages ! J'espère que vous m'accompagnerez jusqu'au bout.

HINOKI KINO, DÉCEMBRE 2013.

REMERCIEMENTS

Maître Atsuko Asano

Le bureau éditorial de Kodansha ARIA
Toute l'équipe de *N°6*
Mon éditrice K-gata
Maître toi8
Toute l'équipe du dessin animé
NARTi;S
Ginnansha

Assistants:
Honma
Megi
Matsuzawa

Finitions:
Tsunotchi

3D:
Lim Wangu

Collaboration au décor en couleurs :
dominori

Ma famille (parents, grand frère,
petite sœur, mamie et chien)
et toutes les personnes
qui m'ont apporté leur aide.

Et vous aussi, cher.e.s lectrices et lecteurs !

Un grand merci !

UNE ANEDOCTE PRÉSENTÉE ICI SUR LES CONSEILS DE MON ÉDITRICE.

PEFC
10-31-1316

Edition française :
N0.6, vol. 8

Traduction : Satoko Fujimoto
Adaptation : Nathalie B.
Lettrage et création graphique française : Erica-Maéva Blasquiz
Correction : Maeva Païno

ISBN : 9782379503238
Dépôt légal : Novembre 2024

Achevé d'imprimer en France en Octobre 2024 par Dupliprint,
733 Rue Saint Léonard, 53100 Mayenne

Suivez-nous sur Facebook / Twitter / Instagram
Editions VEGA S.A.S. : 57, rue Gaston Tessier, CS 50061, 75166 Paris Cedex 19